Frank Dölle · Generation 601

Frank Dölle

Generation 601

© Frank Dölle, 2011
Herstellung und Verlag: Books on Demand GmbH, Norderstedt
Satz: www.art-management-hamburg.de

Umschlaggestaltung in Anlehnung an das Buch
„Ich fahre einen Trabant", Ausgabe 1966
mit freundlicher Genehmigung der Paul Pietsch GmbH, Stuttgart

ISBN 978-3-8423-7093-7

Für Jasmin und in Erinnerung an meine Oma

Inhaltsverzeichnis

Einleitung

»Liebe Besitzer eines PKW Trabant, liebe Bürger die einen Trabantbesitzer kennen« – So hätte man einst lückenlos jeden DDR-Bürger ansprechen können. Heute wäre es nicht mehr möglich, unter Verwendung von nur einer Automarke alle Einwohner eines Landes in eine Anrede einzubeziehen.

Vor einiger Zeit weckte auf einer großen Automesse ein kleines Ereignis großes Interesse. Verhüllt ließ ein Auto die Spannung steigen und dann stand er da, der neue Trabant. Soll er wahrlich wiederkommen? Ist die Produktion, ach was, die Schöpfung eines neuen Trabants möglich?

An vorgestelltem Prototypen steht hinter dem vertrautem Trabant-Schriftzug ein »nt« für »new technology« oder einfacher »new trabbi«. Ein Elektromotor soll ihn antreiben und da den vorgestellten »new trabbi« wahrlich gewisse Ähnlichkeiten mit seinem legendären 601-Vorgänger verbinden, könnte er neben zukunftsweisendem Antriebskonzept auch einen gewissen Retroanspruch erfüllen und uns somit an IHN erinnern.

ER, der einst ein fester Bestandteil unseres übersichtlichen Alltags war, eine Konstante, die uns von der frühen Kindheit bis zum Erwachsenwerden begleitete. Waren wir doch irgendwie wie ER, und ER war irgendwie wie wir. Wir hatten viele Gemeinsamkeiten mit IHM, und ER hatte genauso viele mit uns.

Wenn wir Geschichten über IHN erzählen, erzählen wir auch Geschichten über uns. Das Reparaturbuch gab Trabantfahrern die Sicherheit, für jedes Problem selbst eine Lösung zu finden. So bedeutete ein zerrissener Keilriemen noch lange nicht das Ende einer Urlaubsfahrt, sondern wurde durch einen, selbstverständlich abgetragenen, Damen-Nylonstrumpf ersetzt, und weiter ging's. Und so ist ER uns auch heute noch kein Fremder, wenn wir an IHN denken, mit seinem freundlichen Gesicht und seiner unkomplizierten Art. Unser Verhältnis war ein treues, meist monogames. Bezogen auf die Reisefreiheit verband uns dasselbe Schicksal.

Doch in unserem begrenzten Areal war ER überall, in den Parkhäfen der Plattenbausiedlungen, auf den Zeltplätzen der Erholungsgebiete und natürlich an den Wochenenden in den Vorgärten der Datschen und Bungalows, wo ER geputzt, bebastelt und liebevoll umgestaltet wurde.

Für uns, in den Sechzigern Geborene zählte ER als Familienmitglied. Nach der Geburt holte ER uns, sobald wir stabil waren, aus dem Kreiskrankenhaus, brachte uns später an die Ostseestrände, und wenn der Papa mal frei hatte, fuhr ER uns mit unserer Brottasche morgens auch mal zum Kindergarten. Da saßen wir im Fond dieses kleinen freundlichen Autos ohne Kindersitz und Sicherheitsgurt und fühlten uns sicher. Auf den beschlagenen Seitenscheiben entstanden unsere ersten Kunstwerke – vergängliche.

Entschied man sich doch einmal zur Trennung von IHM, dann war es meist ein Abschied mit Tränen. Noch Jahrzehnte später kannte man sein Nummernschild auswendig, und Geschichten gab es unendlich viele.

Ein Markenwechsel spiegelte meist den Charakter der Abtrünnigen wider, die nunmehr zu dem Personenkreis zählten, welche nur noch Trabantbesitzer kannten. Wartburg-Fahrer waren nun 20 km/h schneller und trugen die Nase dafür etwas höher, Lada-Fahrer belächelten fortan den unrunden Lauf des zweitaktenden Gefährts, und Skoda-Fahrer, eine ewig autobastelnde Gemeinschaft, hatten kaum Zeit mehr für einen Blick auf die Pappen.

Egal, für die meisten blieb ER ein fester Bestandteil des Alltags, eine Wertanlage für die Zukunft sowieso. Ansonsten eine ewig während Herausforderung für Verbesserungen, zum Beispiel die Innengeräusche mit dem Zaubermittel »Antidröhn« zu minimieren. Rostansätze kapitulierten an akribischen Hohlraumkonservierungen mit einem weiteren Zauberstoff – »Elaskon«.

Im ehrgeizigen Kampf um Anerkennung war es die lässige Bekanntgabe einer Spitzengeschwindigkeit jenseits der 100er Tachomarke, abends beim Pils im Partykeller der Hausgemeinschaft.

Ähnlich wohl behütet wie unsere Artverwandten drüben, nur eben mit ostdeutschen Vorzeichen wuchsen wir auf, zusammen mit unserem immer jungen Trabant.

Auch unsere Planwirtschaft verschloss die Augen nicht vor den Veränderungen der Autos im Allgemeinen. Neben vielen selbst gebastelten Umgestaltungen an der äußeren Erscheinung durften sich auch die Ingenieure in Zwickau etwas einfallen lassen. Den Plasteecken an den Stoßstangen folgten schwarze Türgriffe und eine »Scheiben-Wisch-Wasch-Anlage«. Aber die wichtigste, ja revolutionäre Veränderung war die Benzinhahnverlängerung in den Handbereich des Fahrers. Bis dato befand sich der Benzinhahn im entfernten Fußbereich des Beifahrers und bot die Stellungen »Zu – Auf – Reserve« wahlweise an. Vergaß man die Stellungswahl »Auf« vor Fahrtantritt, wurde man durch Motorstottern nach ein paar hundert Metern an das Versäumnis erinnert und musste nunmehr beherzt für zwei Sekunden ins dunkle Beifahrerareal abtauchen. Selbiges ereilte einen auch, wenn nach guten 300 Kilometern der Reserve-Tankfüllstand erreicht war.

In der sozialistischen Planwirtschaft blieb dieser wissenschaftlich-technische Fortschritt natürlich nicht unbemerkt. Und so hatte auch der Preis das Recht, sich vom vertrauten »Einheitlichen - 8000 Mark- Verbraucher Preis« stetig weiterzuentwickeln.

Ein implantierter VW-Motor konnte zum Ende seines langen Lebens das Rad der Zeit auch nicht mehr zurückdrehen, mit einer Patientenverfügung wäre es zu diesem Eingriff wohl nicht mehr gekommen. So rollte ER schon bald, meist im hervorragenden Zustand, mit seinen Artgenossen aufrecht den letzten Weg auf die Kippe - »nach mir die Sintflut« war sicher sein letzter Gedanke, bevor eine Presse der freien Wirtschaft ihr Werk verrichtete.

Und ähnlich sicher eingepackt wie in der blauen Reparatur-Fibel, den Fahrhinweisen, Pflege- und Basteltipps eines Trabantfahrers, reihen sich nachfolgend Alltagsgeschichten aneinander. Fast wie alltägliche Trabant-Fahrten von der Kindheit bis zum Erwachsenwerden in dem Land der begrenzten Möglichkeiten, hinein in die aufregende erwartungsvolle Zeit des wiedervereinigten, grenzenlosen Deutschlands.

1. Geschichte
Erste Erinnerungen

Ende der sechziger Jahre an einem Herbstsonntag. Ich stehe im Garten eines Vorortes im S-Bahnbereich der Hauptstadt der DDR, bin 4 Jahre alt und denke, mich an dieses Gefühl erinnern zu können. Es ist das Grundstück meiner Oma, hier wachse ich auf, weil meine Eltern beide voll berufstätig sind und es hier im Grünen besser für mich ist – sagt meine Oma.

Nach einem gemeinsamen Wochenende fahren meine Eltern sonntags nach der Kaffeestunde wieder nach Berlin zurück. Blechern, hart schlagend startet der Motor unseres Trabants, ich winke, bis ich sie nicht mehr sehen und hören kann. Eine blaue Rauchwolke bleibt im Garten zurück. Ich atme den vertrauten Geruch ein und bin etwas traurig, wie immer an solchen Sonntagen. Am Herbsthimmel brummt ein Propellerflugzeug, dann ist es still.

Ich gehe ins Haus, vor dem Abendbrot muss Oma noch Kohlen nachlegen, es ist schon recht kühl. Nachdem das Feuer in den Öfen bullert, schließt sie die Haustür und zieht den Vorhang zu. Die Tür ist nicht sehr dicht und »wir wollen ja nicht für den Garten heizen«, sagt sie.

Fernsehen darf ich noch nicht gucken, »lass mal den Flimmerkasten noch aus und geh in dein Kämmerchen (das ist mein recht klein geratenes Kinderzimmer) was spielen, Omi muss noch die Küche aufräumen«.

In meinem Kämmerchen habe ich eine Kiste mit PEBE Steinen, das ist das ostdeutsche Pendant zu Lego. Mein Opa, er ist gestorben bevor ich zwei wurde, hat mir diese Steine von der Leipziger Messe mitgebracht. Das Sortiment beschränkt sich auf rote und weiße Steine verschiedener Längen, manche Steine halten nicht gut und fallen noch in der Bauphase auseinander, andere stecken wiederum so fest zusammen, dass man sie nur mit einem kleinen Küchenmesser wieder auseinander bekommt.

Bald verliere ich die Lust. Aus meinem Spielzeugschrank hole ich ein paar alte Kalenderblätter, auf deren Rückseiten ich was malen will. Die klarsichtige Packung mit Kreutzer-Filzstiften aus dem Westen hat schon einige Colorationen hinter sich, die meisten Stifte sind ausgetrocknet.

Im Badezimmer ziehe ich mit meinen Milchzähnen die sowieso schon abgeknabberten Verschlusskappen aus den Stiften und lasse Wasser eintropfen, dann puste ich von hinten in den Filzstift, bis aus dem Minenbereich die Farbe ins Waschbecken tropft. Das Waschbecken sieht danach aus wie Sau, den Anschiss von Oma bekomme ich später. Ich male ein Auto und nenne es »Duplo«, in wohliger Erinnerung an den Schokoriegel, den ich zur Kaffeestunde auf meinem Teller hatte.

Dann kommt Oma und fragt, ob sie mir etwas vorlesen soll oder ob wir basteln wollen. Sie hält ein Bummi-Heft in der Hand, welches sie zwischen ihren Papieren – wie sie sagt – in der Schlafzimmerkommode gefunden hat.

Ich besitze schon viele Bummi-Hefte. Alle zwei Wochen gibt es ein neues. In den Heften sind lustige Geschichten von Volkspolizisten, Lokomotiven, Tieren und Soldaten. Man kann auch viel machen, zum Beispiel basteln, ausmalen und raten, oder selbstgemalte Bilder an die Redaktion schicken.

Bummi ist ein lustiger und kluger gelber Bär, sein Freund Maxl hat braunes Fell. Bei Maxl geht meistens immer irgendetwas daneben. Seit einiger Zeit gibt es noch einen dritten Bär mit schwarzem Fell, der heißt Mischka und ist noch recht klein. Manche Geschichten sind aus dem Sowjetland. Das Sowjetland kenne ich, weil von dort die Martoschkas kommen. Man kann die bunten Holzmatroschkas in der Mitte auseinanderziehen und es kommt die nächste etwas kleinere zum Vorschein. Das geht immer so weiter, bis man endlich die letzte, eine ganz kleine Matroschka in den Händen hält.

Die Geschichten aus dem Sowjetland handeln oft von Glücksschlüsseln. Ein bescheidener kluger Mensch besaß diese Schlüssel und verteilte sie an alle, die das Glück für unsere Erde wünschten. Der Name dieses Menschen mit den Glücksschlüssen war Lenin.

Eine Glücksschlüsselgeschichte liest mir Oma nun vor. Die Geschichte heißt »Teller leer essen«.

Onkel Lenin wird von den Kindern eines Kinderheimes eingeladen ihr Gast zu sein. Man will gemeinsam essen und später eine Geschichte erzählen. Es gibt eine gute Kohlsuppe, doch schon bald bemerkt Lenin, dass die Kinder ihre Teller nicht leer essen. Serjoscha legt den Löffel fort als sein Teller noch halb voll ist und Tanja sortiert die Fleischstückchen raus. Nun kann Lenin gar nicht wie geplant einen Klub mit den Kindern gründen, den Klub der Tellerleeresser.

So eine Geschichte liest mir Oma besonders gerne vor. Denn auch ich mäkle ihr viel zu viel beim Essen rum. Ständig muss sie mich ermahnen gerade zu sitzen, die Ellenbogen nicht auf den Tisch zu stützen und aufzuessen.

Lenin zeigt den Kindern wie dünn Serjoschas Arm ist, er kann ihn ja dreimal umfassen, sagt er. Mit diesen schwachen Ärmchen kann man doch nicht Soldat werden. Lenin erklärt den Kindern, dass es immer noch böse Menschen auf der Welt gibt und man daher die Glückschlüssel mit Soldaten beschützen muss. Nun essen alle Kinder auf, zum Ende kann der Klub doch noch gegründet werden. Wanja wird Vorsitzender und alle bekommen ein Abzeichen, auch Lenin.

Als Oma mit dem Vorlesen fertig ist, frage ich, ob ich jetzt fernsehen darf. »Ja, aber nur den Sandmann«.

Ich gehe ins Wohnzimmer und drücke auf den Einschaltknopf des Fernsehers. Lange passiert nichts, dann glimmt in der elfenbeinfarbenen Kunststoffblende des Holzgehäuse-Fernsehers ein grüner Streifen auf, das »magische Auge«. Ein dunkler Strich zieht sich in der Mitte langsam zusammen, dann kommt das Bild.

Über dem Drehknopf steht die Zahl »5«, das ist unser Sender, dreht man auf »7«, hat man »drüben«. Ich bleibe bei »5«, denn da kommt der Sandmann. Die Kinder singen das Sandmannlied »Sandmann, lieber Sandmann, es ist noch nicht soweit. Wir sehen erst den Abendgruß, bis jedes Kind ins Bett gehen muss. Du hast gewiss noch Zeit«.

Ja, das ist schön, dann kommen Herr Fuchs und Frau Elster. Um dreiviertel acht bin ich im Bett, am nächsten Tag beginnt eine neue Woche – Ende der sechziger Jahre.

Nach dem Frühstück gehen wir einkaufen, meine Oma sagt dazu »einholen«. Da die Gasflasche, womit der Gasherd versorgt wird, gefüllt werden muss, nehmen wir den Leiterwagen. Im Leiterwagen befinden sich neben der Gasflasche ein Netz mit leeren Milchflaschen, ein Stoffbeutel und Omas lederne Einkaufstasche mit Portemonnaie und Konsumausweis.

Ich darf den Leiterwagen ziehen, wenn Leute kommen, gebe ich die Zugdeichsel schnell an Oma ab – ist mir peinlich. An der Gasstation stehen nur sechs Leute vor uns an, nach einer halben Stunde haben wir die befüllte rote Gasflasche mit der schwarzen Gummikappe im Leiterwagen, dann geht's zum Fischladen, Fisch ist gesund – sagt Oma, danach zum Gemüseladen, Suppengrün und Porree. Dann geht's zum Schlächter (Fleischer) – Liesen und Rückenfett für Griebenschmalz, ein Stück Rindfleisch »ham-wa-nich – frühestens Mittwoch wieder nachfragen … und denn noch?« Das ist alles, sagt Oma.

Beim Konsum holen wir ein halbes Mischbrot, eine Packung Filinchen, drei Schrippen, Tafelbutter und Milch. In einem sechseckigen Plastiktrog liegen noch drei Milchschläuche, eigentlich schwimmen sie – im eigenen Saft. Meine Oma fragt die Verkäuferin, ob noch Flaschen da sind, sie fragt wie viel, drei sagt meine Oma, sie geht nach hinten und kommt mit zwei Flaschen wieder. Aus dem Stoffbeutel holt meine Oma zwei Plastikverschlüsse und drückt sie über die Aludeckel der Milchflaschen. An der Kasse verlangt meine Oma nach dem Bezahlen »die Marken bitte«, diesmal muss sie den Konsumausweis nicht zeigen, sie steckt die kleinen Klebemarken ins Portemonnaie.

Weil wir erst am Nachmittag nach Hause kommen, lassen wir das Mittag ausfallen, meine Oma heizt die Öfen an, und dann machen wir gleich Kaffeestunde. Oma holt zwei Negerküsse aus der Speisekammer.

2. Geschichte
Umzug in eine Stadt mit Omnibussen und U-Bahnen

Mit viereinhalb Jahren ziehe ich zu meinen Eltern in die Hauptstadt der DDR. Der Berliner Vorort wird fortan zu meinem Wochenend-, Genesungs- und Feriendomizil.

Der Umzug ist unspektakulär. An einem Sonntag, nach der Kaffeestunde steige ich mit meinem Campingbeutel nun mit in den Trabant. Jetzt steht meine Oma alleine da, winkt noch, bis sie uns nicht mehr sehen und hören kann. Nur eine blaue Rauchwolke bleibt zurück. Vielleicht brummt ein Propellerflugzeug am Himmel. Wir erreichen jedenfalls nach zwanzig Minuten die Stadtgrenze, und es ist wirklich eine Grenze. Vor einem silbereloxierten Wachmannhäuschen steht ein Polizist, prüft die Personalausweise der in die Hauptstadt der DDR Einfahrenden.

Meine Eltern haben eine AWG-Wohnung in einem Q3A-Block bekommen. Der Q3A-Block ist die Ausführung einer Bauserie in Blockbauweise, es gibt auch noch andere standardisierte Herstellungen wie; Streifenbauweise (QX), Plattenbauweise (QP, P2, WBS 70), Großtafelbauweise (WHH GT...rrrrrrrrrrrrrrrrrrr..).

Wir haben zweieinhalb Zimmer, parterre, keinen Balkon wie die Geschosse über uns, dafür einen größeren Keller. Die Wohnung riecht sehr neu. Vor dem Haus lagern riesige Sandberge – noch lange. Alle zwanzig Minuten fährt ein Doppelstockbus über das Kopfsteinpflaster vor meinem Kinderzimmerfenster vorbei.

Meine Mutti ist für ein halbes Jahr zu Hause, mit mir. Wenn wir im Wohnzimmer frühstücken, hören wir im Radio das Butzemannhaus. Bauer Lindemann erzählt schöne Geschichten. In den Bummi-Heften sind manchmal Schallfolien, blaue, ganz dünne Schallplatten. Auf unserem Sonni-Kofferplattenspieler hören wir die dann. Geschichten und Lieder mit Bummi und Maxl.

Doch dann muss Mutti bald wieder arbeiten, und ich komme in den Kindergarten.

Wir stehen um halb sechs auf, es ist noch dunkel, mein Vater hat bereits die Öfen geheizt, alles geht sehr zügig ab, frühstücken in der kleinen Küche, Katzenwäsche, Zähneputzen – nur kacken geht noch nicht.

Ehe ich richtig wach bin, sitze ich mit Mutti im Doppelstockbus oben – Linie 58, dann umsteigen in die U-Bahn Line A – »Kaiserbahn«, Baujahr 1912. Im Kindergarten ist noch der Frühdienst, es riecht nach Kohleintopf im Treppenhaus – ich muss kacken, die Frühaufpasserin meckert – »geht das nicht zu Hause? «

Der Kindergarten, dritte Etage eines alten Mietshauses – Vorderhaus, ganz in der Nähe der Schule, in der meine Mutti nun arbeitet.

Manchmal, wenn in der Schule noch eine Versammlung ist, holen mich auch Schüler ab. Mit Dauergrinsen im Gesicht tappel ich neben meinen großen Beschützern die Karl-Marx-Allee entlang. Am Strausberger Platz versprüht der Brunnen in der Platzmitte Sommergefühl. In einer Milchbar essen sie mit mir Eis, vielleicht, ich erinnere mich nicht mehr.

Die Schule, in der meine Mutter arbeitet, ist ein riesiges dunkles Gebäude aus der Gründerzeit. Lange Flure, Kreuzgewölbegänge, eine Tafel und Kreide.

1970 werde ich eingeschult. Meine Mutter und meine Oma haben Kostüme an - Präsent 20 Chemiefaser, eines der Erfolgsrezepte unserer Republik. In meiner Schultüte vereinen sich Ost- mit Westsüßigkeiten.

Der Kinderarzt hat mich bei der Schuluntersuchung zum Logopäden überwiesen, ich stottere etwas und gehe in meinen ersten zwei Schuljahren in die Sprachheilschule des Stadtbezirks Pankow.

Die Klasse ist klein, zwölf Schüler, meine Klassenkameraden heißen Andreas, Martin, Silvia, Lars-Peter... Neben Lesen, Schreiben und Mathe haben wir Therapie und Rhythmik. Rhythmik ist nicht ganz mein Ding, ich renne mehr meinem Ball hinterher, als dass ich mit ihm rhythmisch nach der Klaviermusik von der Rhythmiklehrerin trippelnd durch den Raum schreite.

Therapie ist besser, viel reden, aber langsam und überlegt. Wir spielen Quartett und äußern unseren Kartenwunsch betont ausformuliert: »Ich wünsche mir den grünen Handwagen«. Auch die ablehnende Antwort wird korrekt gegeben: »Nein danke, bedaure«.

In den Hofpausen wird im Kreis spaziert, nach dem Mittagessen ist Mittagsschlaf Pflicht, »Augen zu, dreht euch zur Wand«, ermahnt die Hortnerin des Öfteren.

Ich bin noch nicht mal sieben und darf im zweiten Schulhalbjahr schon allein mit dem Omnibus nach Hause fahren. Die Monatskarte trage ich in einer durchsichtigen Plastehülle um den Hals.

Einmal, ich fahre mit einem Klassenkameraden gemeinsam nach Hause, erblicken wir unseren Schulkumpel auf dem Bürgersteig. Durch die geöffnete Trennscheibe zum Fahrer rufen wir seinen Namen mit aller Stimmkraft und stotterfrei. Der Busfahrer tritt abrupt in die Bremsen und quittiert unseren Kontaktversuch mit einem unmissverständlichen »Raus«. Da stehen wir zwischen zwei Bushaltestellen mit unseren Mappen auf dem Rücken und der Brottasche um den Hals. Unser Schulkumpel ist nicht mehr zu sehen.

Dennoch, Busfahrer und Busse faszinieren mich. Wenn ich nachmittags mit meinem Zwanziger-Mifa-Fahrrad meine Runden auf den Bürgersteigen um die Blöcke drehe, bin ich ein Bus. Ich habe mir ein Schild mit einer Busnummer gemalt und halte an jedem dritten Baum an. Nach einem »drrrrrrrrrrt« der Türklingel folgt ein »zzzzzzt« – die Türen schließen. Wenn ich ein Doppelstockbus bin, fahre ich im Stehen, beim flachen Ikarus 66 bekomme ich vom Motorgeräusch meist etwas Halsschmerzen.

Aus meinem Kinderzimmerfenster sehe ich das Märkische Viertel – Drüben. Ich sage dazu »Gemärkliches Viertel«. Die hohen weißen Häuser wirken wie schneebedeckte Berge auf mich.
Zu Weihnachten schmücken die Westler ihre Fenster mit viel Licht und bei uns hängt man zum 1. Mai die DDR-Fahnen aus den Fenstern.

Auch wir haben Westbesuch. An einem Wochenende im Sommer kommt er in den Berliner Vorort.

Ältere Leute erwähnen gern detailliert die Verwandtschaftsbeziehung. Sie ist die Nichte meiner Schwägerin, oder der Stiefbruder meines Onkels aus erster Ehe.

Zu uns kommt die Tochter der Schwester meiner Oma mit ihrem Sohn und ihrem Mann in dritter Ehe.

Sie wohnen in Rudow, wo immer das auch ist, kommen mit einem Honda Accord, und ihr Sohn aus erster Ehe mit einem metallicblauen VW Käfer. Die Motoren klingen anders als das vertraute Pengtarafftaraff unseres Trabants.

Alles riecht anders, meine Verwandten riechen anders als wir, in den Autos riecht es anders als in unseren, und die Abgase ihrer Autos riechen auch anders. Alles riecht ein bisschen fremd und ist irgendwie aufregend. Noch viel aufregender ist die Erwartung der Geschenke. Ein bisschen wie »Am laufenden Band« mit Rudi Carrell, wenn sie ihre Plastiktüten auf dem Couchtisch auspacken.
Ich bekomme an diesem Wochenende eine bunte lange Stange Kugelkaugummi mit Brausepulver drin, einen Geha-Füller, einen Kreutzer-Tintenkiller und Smarties. Im bunten Deckel der Smarties-Rolle ist ein Buchstabe – da will man das ganze Alphabet.

Mein Vater bekommt sechs Büchsen Bier mit Original-Berliner-Motiven aus dem Zille-Milieu und zwei Speisekarten aus fernen Touristenanlagenwelten. »Habt ihr unsere Karte schon bekommen«? – »Nein, danke, bedaure«.

Ich darf länger aufbleiben, mein Großcousin erzählt mir Geschichten aus der weiten Ferne – Westberlin. Manche Dinge kosten nur »ein Appel und ein Ei« und beim neuesten ABBA-Hit - SOS, »da kannst du dich einbuddeln«, sagt er. Ich nicke schweigend und denke »muss ja alles fetzig sein«.

Es ist spät, als sie fahren. Der Mann der Tochter von der Schwester meiner Oma in dritter Ehe muss noch seine Tabletten nehmen, er spült schnell noch einen ordentlich gefüllten Zinnaer Klosterbruder hinterher. Danach verschwindet er für längere Zeit aufs Klo. Sie haben ihr eigenes Toilettenpapier dabei, unseres sei wie »Schmirgelpapier«. »Wie ihr das nur aushaltet«?, sie lassen uns den Rest da – wir können nun für ein paar Tage wie im Westen abputzen. Man muss aufpassen, schnell rutscht man mit dem Finger durch.

Am Montag geht es wieder zur Schule, Mappe packen, Brott-asche um den Hals hängen und Turnbeutel nicht vergessen. Ich habe einen Botas-Turnbeutel und auch Botas-Turnschuhe – echt Leder, weiß mit schrägen schwarzen Streifen. In meiner Brott-asche sind neben den Pumpernickelschnitten mit Rahmbutter und Mortadella auch ein paar Kugeln von der Stange Westkau-gummis für meine neuen Freunde abgetrennt.

3. Geschichte
Alles geht voran, immer bereit

Die neue Schule ist ein Plattenbau, mit klarer Grundriss-struktur des DDR-Typengebäudes »SK Berlin «. Eine Polytechnische Oberschule, die kurz POS genannt wird. Im Eingangsfoyer mit dem angrenzenden Dienstzimmer der Pionierleiterin steht eine Glasvitrine mit einer Nachbildung der Fahne von Kriwoj Rog. Das Dienstzimmer der Pionierleiterin ist eine regelrechte Rumpelkammer, zwischen blauen Pionierwimpeln, vollgestopften Regalen und einer lebensgroßen uniformierten Plaste-Pionierpuppe wütet die Pionierleiterin herum. Eine kleine sächsisch sprechende Kugelfrau mit verschwitzten Kringellocken, immer mit Blauhemd und rotem Pionierhalstuch verkleidet.

Wir sind Jungpioniere, besitzen ein weißes Pionierhemd, ein Käppi und natürlich ein blaues Halstuch. Zu Pioniernachmittagen und besonderen Festen trägt man mindestens das Halstuch. Ganz Eifrige, wie der Stefan zum Beispiel, verfügen sogar über eine Pionierhose.

An einem Montag beginnt die Woche mit einem Appell. Alle Klassen von der ersten bis zur zehnten stellen sich auf dem Schulhof in Form eines offenen Vierecks auf. Auf dem Asphaltbelag sind die Klassenaufstellpunkte mit weißen Strichen und dem Klassennamen vorgegeben.

An der offenen Seite steht das Präsidium der Schulleitung, vertreten durch Schuldirektorin, Stellvertreter, Pionierleiterin und Freundschaftsratsvorsitzendem. Nach mehreren Ermahnungen kehrt Ruhe in die Klassenblöcke ein. Die Pioniere werden mit einem »Seid bereit« begrüßt, welches mit hellen Stimmen mit einem »Immer bereit« beantwortet wird. Dann folgt das heisere »Freundschaft« der Großen.

Ein beliebter Spaß ist es, während der Ansprache eines Vertreters des Präsidiums einen Mitschüler der vorderen Reihe plötzlich mit einem kräftigen Schubs aus seinem Klassenblock zu katapultieren, was dann mit kurzem Gelächter der Umstehenden und einem energischen »Zzzzzzzzzzzt« der Klassenleiterin quittiert wird.

Wir wissen nun, wie viele Altstoffe wir gesammelt haben und noch sammeln wollen.

Für Angela Davis malen wir Postkarten mit roten Rosen. Der Präsident der USA Richard Nixon und der Gouverneur von Kalifornien, Ronald Reagan, bekommt von uns einen Protestbrief in dem wir die Freilassung von Angela Davis fordern.

Nach dem Appell werden die Halstücher schnell in die Mappe gestopft und auch die Großen haben vorgesorgt und entledigen sich schnell ihres blauen FDJ-Hemdes. Die trampelnde Horde verteilt sich auf die Klassenzimmer, kurze Zeit später klingelt es jedoch schon, und es geht wieder abwärts in den Speiseraum im Souterrain zur Milchpause. Es gibt frische Milch, Kakao und Fruchtmilch in Viertelliter-Dreieckstüten, die ein Einstechloch für den Plastetrinkhalm haben und meist etwas kleben.

4. Geschichte
Am Tag als Walter Ulbricht starb

Manchmal passiert auch etwas Außergewöhnliches. An einem Morgen wird es aus dem Transistorradio in unserer Küche gemeldet, Walter Ulbricht ist gestorben, und das mitten in den X. Weltfestspielen der Jugend in der Hauptstadt der DDR. Abends ist es die erste Meldung der Aktuellen Kamera, der Nachrichtensprecher schaut sehr ernst. Einige Tage später stehen wir an der Karl-Marx-Allee und erweisen dem einstigen Staatchef die letzte Ehre.

Die X. Weltfestspiele gehen weiter und wir haben einen Gast. Jeden Morgen bricht die FDJ-lerin Heidi aus Demmin im blauen Hemd zum Treffpunkt auf. Abends kommt Sie mit einem mit Festivalblume bedruckten Proviantplastebeutel wieder in unsere AWG-Wohnung. Der Beutel ist für mich, Otellokekse, Fruchtdropse, eine eingeschweißte Dauerwurst, Konservendose – fast wie beim Westbesuch.

Mein Vater bringt sogar eine aufblasbare Tragetasche mit Festivalblume mit. Zum Abschied bekomme ich von unserem Quartiergast einen Berliner Bären aus Gummi, mit Festivalblume vorne drauf. So vergrößert sich die Großfamilie meiner Kuscheltiere. »Brummel«, der große Bär, mit dem Mutti schon im Krieg gespielt hat und auch »Zappi«, der freche Hase aus Westberlin, freunden sich schnell mit dem neuen Festivalbären an.

Wenige Tage nach den X. Weltfestspielen sendet das Transistorradio wieder eine ernste Meldung. In Chile ist der Militärputsch ausgebrochen. Ich habe weder vorher etwas von einem Land Namens Chile gehört, noch kann ich mir unter dem Begriff Militärputsch etwas Genaueres vorstellen. Aber am nächsten Tag gibt es in der Schule gleich einen Appell, und dann folgen täglich neue Meldungen aus dem Küchenradio. Der gestürzte Präsident Allende kommt um, dem Sänger und Widerstandskämpfer Victor Jara werden die Hände zerschlagen, erfährt man, damit er nicht mehr Gitarre spielen kann. Bevor er umgebracht wird, singt er »Venceremos« – Wir werden siegen, das Lied der Unidad Popular. Luis Corvalan kommt ins Gefängnis. Und wir kämpfen nun mit für seine Freiheit, sammeln Altstoffe für das Solidaritätskonto und schreiben gemeinsam einen Protestbrief an den Diktator Pinochet.

Zu Hause kaufen wir irgendwann die Amiga-Single von Chris Doerk – »Die Rose von Chile«

»Es kamen aus sonnigem Chile....La rosa, la rosa de Chile, ...«

Mein Lieblingslied bleibt jedoch »Venceremos«, gesungen von Quilapayún, die Single höre ich immer wieder auf unserem Sonni-Kofferplattenspieler, bis die ersten Knackser über die Rillen gehen und die Nadel zurückspringt, »Vencere...Vencere...Vencere – knacks – mos«.

Unsere Schule heißt fortan nicht mehr einfach nur Polytechnische Oberschule, sie bekommt einen Namen - »Schule der Solidarität«.

5. Geschichte
Fröhlich sein und singen, andern Freude bringen

Eines Tages kreuzt die kleine Pionierleiterkugel unseren Weg im Foyer der Schule, wir schaffen es nicht mehr, uns hinter der Vitrine mit der Fahne von Kriwoj-Rog zu verstecken. Ehe wir uns versehen, sitzen wir im Pionierzimmer am achteckigen Tisch. Timurhelfer können wir werden. Als Thälmannpionier mit rotem Halstuch und auch ansonsten hilfsbereiter Junge will ich mich dieser Aufgabe selbstverständlich stellen. Ähnlich wie im Buch »Timur und sein Trupp« von Arkadi Gaidar, bei dem es um eine Gruppe von Jugendlichen in einem sowjetischen Dorf während des Zweiten Weltkrieges geht, die heimlich den zurückgebliebenen Soldatenfrauen und -witwen nachts die Häuser reparieren, helfen und gut sind, will auch unsere Pionierleiterin eine Timurzentrale aufbauen. Unser Anführer, ebenfalls Timur genannt, ist streng geheim. Später erahnen wir, dass der älteste Sohn der Pionierleiterin, ein 14-Jähriger, der augenscheinlich nur über das FDJ-Hemd zur täglichen Auswahl verfügt, diesen Posten wohl bekommen hat. Ist auch egal, denn die eigentliche Arbeit sollen wir ja machen. Beim nächsten konspirativen Treff liegt eine Liste mit den Namen von alten Leuten unseres Schuleinzugsgebietes, zusammengestellt von der Volkssolidarität, auf dem 8-eckigen Tisch. Ich bekomme Frau Klaffke, gleich um die Ecke bei mir.

Erste Regel, wir Timurhelfer nehmen kein Geld und keine Geschenke an.

Eine kleine weißhaarige Frau öffnet die Wohnungstür eines 30er-Jahre Reihenhauses. Hinter ihr steht ein Mann, nur mit einer langen weißen Unterhose und einem Unterhemd bekleidet. »Mein Mann ist blind«, erklärt sie mir freundlich. Ich bin aufgeregt und stelle mich leicht stotternd vor.

»Komm rein, mein Junge«, aus dem Küchenschrank holt sie ihr Portemonnaie, von der Anrichte einen Zettel und schreibt den ersten Auftrag in meiner Timurkarriere. Ein paar Lebensmittel, Weißdornperlen aus der Drogerie, sie sagt »Drojscherie«, und eine Tafel Schokolade. Dann bekomme ich einen alten handgenähten Stoffbeutel – sehr peinlich, den stecke ich draußen schnell in meine Umhängetasche und düse los. Kurze Zeit später lege ich meiner Timuroma alles ordentlich auf den Küchentisch, zähle das Wechselgeld vor und fühle mich gut. Frau Klaffke schiebt mir die Tafel Schokolade zu, ich nehme sie und fühle mich schlecht – mein erster Verstoß.

In den nächsten Sommerferien stirbt der blinde Herr Klaffke, einfach so. Kurze Zeit später ist auch Frau Klaffke nicht mehr da. Immer wieder fahre ich zum 30er-Jahre Reihenhaus und klingele an der Tür, doch das »Komm rein, mein Junge« bleibt aus. Wochen später bekomme ich einen Brief. Die Handschrift ist mir von den Einkaufszetteln bekannt, »D. Klaffke, Altersheim Berlin-Blankenburg …«. Wofür steht eigentlich das »D.«? Ich weiß nicht einmal, wie Frau Klaffke mit Vornamen heißt. Sie schreibt mir, dass sie nun im Altersheim wohne und dass es besser sei, wenn ich sie dort nicht besuche und sie einfach in Erinnerung behielte. Ich mag aber Frau Klaffke und will sie besuchen. Also mache ich mich an einem Nachmittag auf die Reise, mit einer Rolle Metrokekse und einer Flasche Buchhorster Apfelmost fahre ich zu dem unbekannten Ziel. In einem grauen krankenhausähnlichen Altbau erhalte ich eine Zimmernummer und erklimme, immer zwei Stufen zugleich nehmend, das dritte Geschoss, klopfe an einer Tür an und treffe meine Timuroma wieder.
Wir setzen uns in ein dunkles Foyer, alles ist grau, durch den Flur hallen die Rufe einer Verwirrten, es stinkt nach Pinkel. Frau Klaffke nimmt meine Hand und sagt leise zu mir: »Ich wollte nicht, dass du das hier siehst«. Als ich wieder draußen bin, muss ich heulen. Ich habe nie mehr etwas von Frau Klaffke gehört.

Die Timurzentrale in Person der kugeligen blauhemdigen Pionierleiterin sieht die Sache pragmatisch, ich bekomme Ersatz, Frau Grabowski, »In der Niederstraße 9, unterm Dach juchhe« in freudigem Sächsisch offeriert. Hier schleppe ich nun Kohlen vom Keller in die Dachwohnung. In dem mit Spinnweben verhangenen Keller lagern drei alte Kaffeehausstühle »Kannste haben Jungchen, ich kann ja nichts mitnehmen auf meiner letzten Reise« – sagt Frau Grabowski.

6. Geschichte
Drushba – Freundschaft

Ab der fünften Klasse weht ein anderer Wind im Schulplattenbau. Vor uns steht die junge selbstbewusste Absolventin, Fräulein Hoffnung. Wir haben nun Russisch und Biologie. Wir sezieren einen Fisch. Stefan wird schlecht, dann wird er ohnmächtig und kippt um. Alle stehen um ihn herum und gaffen auf den leblos scheinenden Stefan.

Fräulein Hoffnung nimmt uns mit zu ihren ehemaligen sowjetischen Studienkumpels. Wir sitzen auf dem Boden einer Studentenbude, essen Kekse und hören die Les Humphries Singers vom Tonbandgerät - »Mexico – Mexicohoo«. Das ist wirklich urst-fetzig.

Mit der Arbeitsgemeinschaft Flöten habe ich aufgehört, man muss nun mehr lernen, »Kak tebja sawut??«.

Auf den Straßen, vielmehr im täglichen Straßenverkehr gibt es interessante Veränderungen. Seit einigen Monaten fährt ein neues rumänisches Auto, ein Dacia, zwischen Trabant, Moskwitsch und Wolgataxen auf unseren Straßen, ein tolles Auto.

Aber viel mehr fetzt ein, dass es auch neue Ikarus-Busse gibt. Leider kommen nur sehr wenige der neuen Modelle vorerst zum Einsatz. Mit meinem Schulfreund Guido stehe ich unendliche Zeit an der Bushaltestelle, ein Zehnpfennigstück unruhig in der Hand drehend, lassen wir Bus für Bus der alten Bauart vorbeifahren, bis er dann endlich kommt, der neue, so aufregend neue Ikarus. Wir fahren die komplette Runde bis zur Endstation und zurück.

Doch dann kommt es noch fetziger. Egon Krenz, der erste Sekretär des Zentralrates der FDJ, trifft auf seinen sowjetischen Amtskollegen, und wir, die Timurzentrale der Schule der Solidarität, sind auserkoren, die beiden am Zentralflughafen Schönefeld zu empfangen.

Im modernen Ikarus-Reisebus fahren wir vor der Schule los, und dann kommt er. Die Pionierleiterin salutiert mit sächsischem »Seid bereitne« und wir finalisieren mit voller Kraft mit dem »Immer bereit«, dazu fliegen unsere Hände zackig zur Mitte des blaukäppibedeckten Kopfes, so zackig, dass mein Käppi vom Kopf fällt. Da muss der Genosse Krenz lachen und er streichelt mit seiner großen Sekretärshand über meinen Kopf.

Ich werde als letztes Kind mit dem modernen Ikarus-Reisebus nach Haus gebracht, genau vor meinem Kinderzimmerfenster unseres Q3A-Blocks hält der Bus und ich steige aus. Das stellt dann doch die Begegnung mit Egon Krenz in den Schatten.

Im November wird meine Oma 65, an einem Donnerstag. Wir gehen zur Post und geben ein Telegramm auf. Meine Mutter füllt alles ordentlich in Großbuchstaben aus und wählt die Option Glückwunsch-Telegramm mit Blumenmotiv. Besorgt fragt sie die Frau hinter dem Schalter, ob das Telegramm auch heute noch ankomme. »Eventuell« sagt die Frau hinter dem Schalter kühl.

Gefeiert wird am Sonnabend, nach der Schule fahren wir gleich raus in den Berliner Vorort. Der Kofferraum des Trabants ist gefüllt mit teilweise nur in der Hauptstadt erhältlichen Nahrungs- und Genussmitteln. Ich teile mir den Sitzplatz mit zwei riesigen Blumentöpfen.

Im Haus riecht es nach Selbstgebackenem. Die DFD-Frauen haben einen Präsentkorb geschenkt. Nach dem Mittag werden schon die Westverwandten erwartet. Meine Mutter hantiert hektisch zwischen Kohle- und Gasherd, Kati-Tortenmehl, Kim-Eiern, H-Milch-Tetraedern - 6 Wochen haltbar - Wahnsinn.

Dann kommen sie, Audi, BMW und Honda Accord säumen unsere Straßenfront. Meine Oma hat schnell noch den Rinnstein gekehrt, »Der Rinnstein ist die Visitenkarte eines Haushalts«.

Alte Leute aus dem Westen unterscheiden sich von unseren Alten, blonde Haare, Goldschmuck, und die eine Schwester meiner Oma fährt sogar Auto, den lindgrünen Audi mit verchromten Stoßstangen.

Ich bin beschäftigt mit Haribo, Lego, Kinderschokoladen-Doppelpackung und einem Flummi.

Es wird spät, in nebliger Novembernacht füllen sie am Küchentisch noch ihre Zollerklärungen aus, dann summen die Viertakter vorsichtig über die schlaglöchrige Vorortstraße zurück in ihr Berlin.

Am Sonntag ist Reste-Essen, nach dem Kaffee fahren wir mit dem Trabant zurück in unser Berlin.

Mappe packen, Hausaufgabenheft vortragen und noch ein bisschen spielen, Sandmann und dann Telelotto. Die Ziehung wird von zwei Herren durchgeführt. Herr Rohr, oder manchmal auch Herr Orlowski, leiten die Ziehung und stellen Herrn Kutzner vor, den Notar für die ordnungsgemäße Durchführung. Dann endlich schiebt sich die Kugel aus einer Art riesiger Murmelbahn raus, kreist den Telelotto-Berg hinunter und trifft eine Kegelscheibe, fast immer, denn wenn sie bei einer bereits gefallenen Kegelscheibe durchrollt, heißt das, »Das war ein Durchläufer, Herr Rohr, bitte noch einmal«.

Nach jeder gezogenen Zahl gibt es dann einen Kurzbeitrag. Insgesamt werden fünf Zahlen gezogen, Telelotto heißt ja auch 5 aus 35. Meine Hoffnung lastet auf der 19, denn da gibt es immer den Fernsehbeitrag Kurzkrimi. Bei fünf Richtigen kann man sehr viel Geld gewinnen, bei Sonderpreisen auch einen Personenkraftwagen Trabant 601-deluxe. Ab und zu spielen wir mit und gewinnen auch einmal, 16,50 Mark für einen Dreier. Ansonsten tippen wir auf Schmierpapier kurz vor der Sendung unsere fünf Zahlen und gewinnen jedes Mal das gesparte Geld für den Lottoschein – wie mein Vater sagt. Nach den ersten Meldungen der Aktuellen Kamera wird auf Westwerbung geschaltet, es folgt die Tagesschau, und manchmal kommt dann noch auf unserem Kanal die Quiz-Sendung »Schätzen Sie mal« mit Jürgen Marten. Schätzen sie mal, wie viele Tonnen Rohbraunkohle in der DDR im letzten Jahr gefördert wurden? A, B, C, am Ende werden noch mit helfenden Hinweisen durch Herrn Marten von einem Vertreter des Publikums die Berufe der Kandidaten erraten. Herr X, Frau Y und Herr Z haben alle Arbeit in einem Kombinat, in der Poliklinik oder in einem Forschungslabor.

Bevor ich ins Bett gehe, schaue ich noch mal aus dem Kinderzimmerfenster auf das Märkische Viertel hinter der Grenze – in den meisten Fenstern brennt Licht, zehn Stockwerke hoch. Ob manche auch »Schätzen Sie mal« gesehen haben?

7. Geschichte
Eine Weihnachtsgeschichte

Weihnachten verbringen wir immer im Berliner Vorort, bei Oma. Der Weihnachtsmann kommt natürlich nicht mehr, aber es ist immer ein aufregendes Gefühl kurz vor dem Heiligen Abend. Immerhin mehrt sich nach dem Bescherungsakt mein persönlicher Besitz um Dinge, von denen ich Minuten vorher noch nicht einmal etwas erahnt habe. Meine Oma hat beim Schenken den Vorteil, dass sie mit der Einreise in den Westteil der Stadt auch ihre Schwester dort besuchen kann, und diese hat einen Spielzeugladen, da würde ich schon gerne selbst mal hin. Dank dieser Beziehung besitze ich neben einem großen Fundus an Legobausteinsortimenten und einem Koffer mit Matchboxautos auch eine Carrera-Autorennbahn. Die Rennbahn wird meist zu Weihnachten aufgebaut und blockiert dann für mehrere Tage immer ein komplettes Zimmer im familiären Weihnachtsgetümmel.

Gab es früher noch überraschenderweise den in den Wochen vorher entführten Brummel-Bären in einem selbst genähten neuen Anzug auf dem Gabentisch, wofür im Vorfeld meine Oma mehrere Nachtschichten an der Veritas - Nähmaschine verbrachte, oder den aus Sperrholz selbst gebauten gelben Doppelstockbus von meinem Papa, mit Flachbatterie und Licht, so zeigt sich nun, dass ich langsam ein großer Junge wurde.

Nachdem der Thomaner-Chor mit 33 Umdrehungen pro Minute den Weg über den Tonabnehmer Saphir des Kofferplattenspielerarmes in den Lautsprecher gefunden hat, die letzten Takte verklungen sind und ich mein alljährliches Vorspiel auf der Schulblockflöte fast fehlerfrei vollendet habe, beginnt der alljährliche feierliche Akt - die Bescherung.

Am Tannenbaum brennen die Kerzen – echte, das Licht

spiegelt sich in Omas Brille wider. Ich bekomme Bücher, einen Schlafanzug und eine selbst genähte Hose, »zieh mal gleich an«, ruft Oma erwartungsvoll, »lass ihn doch erst mal alle Geschenke auspacken«, zischt meine Mutter energisch.

Von mir gibt es selbst produzierte Emaille-Anhänger von der Bastelstraße des Pionierzentrums auf dem Weihnachtsmarkt. Im Werkunterricht haben wir einen Bleistiftanspitzer herge-stellt, das ist eine kleine Holzplatte mit aufgenageltem Sand-papier – ein schönes Geschenk für meinen Vater. Dann noch einen gemalten Gutschein mit Besserungsversprechen meines alltäglichen Verhaltens.

Für jeden steht noch ein bunter Teller unterm Baum mit Namensschild, Papa hat Marzipan extra und ich keine Mon Chérie.

Bücher, selbst genähte Hose und andere Kleinigkeiten lassen mein Herz in diesem Jahr nicht so richtig hoch schlagen. Ohne sichtlichen Grund steht meine Mutter plötzlich auf, geht raus und ruft mehrere Male übertrieben laut »Hallo, Hallo«, dann soll ich kommen, an der Tür sei jemand für mich. Vor der Tür steht das Jemand – ein graues Diamant-Rennrad. Nun schlägt mein Herz ganz hoch, haben sie es doch wieder geschafft.

Ich würde gerne gleich Mal eine Runde drehen. Leider liegt pappiger Schnee draußen, außerdem fordert Oma nun ungedul-dig, dass ich die Hose endlich anprobiere. Nach dem Abendbrot schauen wir gemeinsam Fernsehen. Bei einem Krimi mit Joa-chim Fuchsberger und Klaus Kinski verkrauche ich mich hinter meiner Oma auf der Couch und schlafe, noch bevor der Mörder gefasst wird, ein.

8. Geschichte
Reisen bildet

Nicht jeder kann in den Winterferien verreisen und verbringt dafür dann diese Zeit bei den Ferienspielen in der Schule. Ich habe Glück, wir verreisen nach Polen ins Riesengebirge. Das ist eine sehr weite Fahrt mit vielen Vorbereitungen für meine Eltern.

Mein Vater muss in der Woche vor der Abreise mehrere Male zum Garagenhof, Zündkerzen mit der Drahtbürste bearbeiten, ein Spiritus-Fit-Gemisch für die Scheibenwaschanlage einfüllen, Schneeriemen für die Vorderräder einpacken und Skihalter auf das Dach montieren. Die Skihalter sind dicke Gummibänder, die in der umlaufenden Dachkante eingehakt werden. Damit das Dach, vielmehr der papyrusfarbene Lack, nicht beschädigt wird, legt mein Vater zugeschnittene Stoffstreifen aus alten Laken unter die Skihalter. Am Vorabend der Abreise werden dann die Tourenskier aus dem Keller zur Garage gebracht und auf dem Dach festgeschnallt.

Meine Mutter ist in dieser Zeit mit dem Sachenpacken beschäftigt. Zum Ende stehen unendlich viele Tüten und Beutel neben den Reisetaschen. Mein Vater stellt - wie immer in solchen Momenten - die Frage: »Wie soll das bloß alles in das Auto passen?«. Aber es passt – wie immer.

Das Frühstück fällt sehr knapp aus, es ist ja auch noch fast Nacht. Auf dem Herd werden Eier hart gekocht, Thermosflaschen schon aus Zeiten unserer Vorfahren müssen auf Grund des durchlässigen Korkenverschlusses mit Alufolie und Schießgummi gegen Auslaufen gesichert werden. Meine Mutter jagt hektisch durch die Wohnung, mein Vater schaut ständig auf die Uhr und hat natürlich eine falsche Tasche bereits zum Auto gebracht. Aber dann rollt der Trabant los, es ist kalt draußen und im Auto, wir haben unsere Jacken noch an, die Scheiben beschlagen, wir wischen abwechselnd mit einem Geschirrhandtuch die Sicht für meinen Vater in alle Richtungen frei.

Berlin liegt noch gar nicht weit hinter uns, und wir machen auf einem Autobahn-Parkplatz die erste Rast. Meine Mutter deckt einen naheliegenden Parkplatztisch. Auf die kalte Betonplatte legt sie ein Geschirrhandtuch. Mein Vater öffnet derweil die Motorhaube, prüft den Tankfüllstand mit dem Messstab und fühlt die Temperatur der Räder.

Dann wischt er sich die Hände mit einem Papiertaschentuch ab und kommt zu uns. Wir trinken Früchtetee, essen hartgekochte Eier aus der Hand zusammen mit einer Butterstulle und als Kompott eine Fruchtkonzentrat-Schnitte.

Weiter geht's auf der Autobahn. Die seit über vierzig Jahren unveränderte Reichs-Betonplattenpiste gibt den Takt zum Zwei-Zylinder-Klang. Bei kraftstoffsparenden 85 km/h erreichen wir mittags die Friedensgrenze, vielmehr kommen wir 1,5 Kilometer vor der Abfertigungsstelle zum Stehen. Wagenlänge um Wagenlänge rückt die Kolonne langsam Richtung Grenzübergangsstelle, je näher wir zum Kontrollpunkt kommen, umso aufgeregter werde ich. Dann schaut eine NVA-Grenztruppen-Tellermütze kühl durch das Schalterfenster in unser Auto, nimmt die Pässe entgegen und sieht uns lange, jedem einzeln, ins Gesicht. Ich muss an das Spiel denken »wer zuerst lacht«, hier lacht keiner.

Danach der Zoll: »Devisen – nein, Kinderkleidung – nein, wohin reisen Sie – Riesengebir ... äh ..., Krkonoše – angenehme Weiterfahrt«. Der polnische Grenzer muss noch einen Polen in Gegenrichtung kontrollieren. Im polnischen Auto sitzt ein gleichaltriger Junge, unsere Blicke treffen sich, kurze Fixierung, der Junge steckt mir die Zunge raus, ich stecke meine auch raus. Dann kommt der Grenzer zu uns, die Mütze leicht ins Genick geschoben. Unser »Dzine dobry« - Guten Tag, erwidert er mit knappem »Dobry« – Tach. War da ein Anflug von Lächeln?

Wir sind drüben – in Polen. Autos, Geschäfte, Busse und auch die Polen, alles sieht anders aus, etwas lockerer als bei uns, die Häuserfassaden sind noch grauer und maroder. Aus Regen wird langsam Graupel und dann Schnee, am frühen Abend kommen wir an in Szklarska Poreba, 650 Meter über dem Meeresspiegel. Es ist winterlich, aus den kleinen geduckten Häusern steigen gelbliche Rauchsäulen in die februarkalte Dämmerung – Hausbrandgeruch.

Eines der Häuser in der Ulitca 1. Maja ist unser Quartier. Die Vermieter empfangen uns herzlich. Im ausgebauten Dachboden finden wir unser Zimmer mit einem großen alten Bauernbett, einer Beistellliege, auf einem alten Tisch steht eine Waschschüssel, an der Wand hängt ein Holzkreuz. Die Vermieter zeigen uns die Küche, das Klo und auch ihre Wohnung. Im Wohnzimmer sitzt die ganze Familie am Tisch. Drei Generationen wohnen hier unter einem Dach. Die Oma kann noch etwas Deutsch, bescheiden sagt sie: »Nur kloine bisschen deitsch, olles vergessen«. Der Schwiegersohn holt eine etikettlose Flasche aus dem Schrank, die Tochter stellt kleine Gläser auf den Tisch, für mich einen Zok -Saft, dann soll die Enkelin, Viola, uns etwas auf der Geige vorspielen. Sie ist älter als ich und sehr schüchtern.

Der Schwiegersohn, ein schlanker Mann mit Schnauzbart und langen Haaren, winkt mich zu sich. Ich folge ihm auf den Dachboden. Gegenüber von unserem Zimmer in einem unausgebauten Raum, da steht ein Flipper. Er zeigt mir einen Schalter, zeigt mir, wie man spielt, und dann darf ich. Meinen ersten Treffer honoriert er mit hochgestrecktem Daumen und einem »Dobrze«. Hier fühle ich mich wohl.

In Polen gibt es neben den normalen Lebensmittelgeschäften auch sehr interessante Kioske für Zeitungen, Postkarten, Zigaretten und Donald-Kaugummis mit Tatoo-Bild. Donald-Kaugummis kosten 6 Zloty am nächsten Kiosk, 5 Zloty am übernächsten und 7 Zloty in den höher gelegenen Bauden, wenn wir bei einer Skitour Rast machen. Wann immer die Donald-Kaugummis 5 Zloty kosten, nickt mein Vater zustimmend, ich darf bis zu 3 Stück erwerben und einen berauschend fernen Fruchtgeschmack kurzzeitig genießen. Mir gelingen die ersten Blasen, und wenn sie platzen, habe ich zu tun, das klebrige Zeug von meiner Nase zu fummeln. Flipper spielen, bei zu langen Anstiegen unserer Skitouren nölen und Donald-Kaugummis für 5 Zloty kaufen- das ist es.

Abends sitzen wir im kleinen Zimmer und würfeln ein Knifel-Spiel. Es ist spannend bis zum Schluss in der Hoffnung, alle Variationen des Spielblocks zu erfüllen. Einer bis Sechser, Dreier- und Viererpasch, kleine Straße, große Straße, Full House, die Chance und natürlich den Kniffel - fünf gleiche Würfel, fünfzig Punkte. Oder ich lese auch mal in meinem Ferienbuch aus der Reihe »Die kleinen Trompeterbücher«. Meine Eltern sitzen über einem Troll-Heft und lösen Rätsel. Schnell ist die winterliche Woche vorbei. Zollkontrolle »führen sie etwas aus - nein, Nein, NEIN«. Bald schon geht der Alltag weiter. Schule, zweites Halbjahr, wir schreiben einen Aufsatz: »Mein schönstes Ferienerlebnis«, ich denke an polnische Lutscher, Donald-Kaugummis, Kniffeln und den Flipper.

9. Geschichte
Weichheitszeichen, Tachopese, Halsschmerzen

Seit einem halben Jahr lernen wir nun schon Russisch, nur die Klassenbesten haben echte Freude an der neuen Herausforderung, der Rest verliert ein weiteres Stück Lernbegeisterung und malt lieber die Bilder im Russischbuch mit dem Stempel »Schuleigentum« im Einband aus. Sechs Fälle, fremde Schriftzeichen, Eselsbrücke für die Konjugation »aja oi oi uju oi oi«, ein Weichheitszeichen und eine Lehrerin, die bei der Vermittlung dieses so praxisfernen Stoffes schon an der Klassendisziplin scheitert, zeigen uns einmal wieder Mal, dass unsere sorglose Kindheit sich ein weiteres Stück von uns entfernt. Einige derer, die in Russisch die zweitschlechteste Note vier, also genügend, erreichen, holen sich die fehlende Anerkennung im Sportunterricht.

Nach dem Antreten an der weißen Linie mit einheitlicher grüner Turnhose, rotem Hemd, der Größe nach und manchmal auch dem gezieltem Wurf des dicken Sportlehrer-Schlüsselbundes in einen Unruheherd, folgt das Ritual für den Start der Sportunterrichtstunde mit dem jedes Mal unveränderten Startsignalruf: »Wir beginnen unseren Sportunterricht mit einem einfachen SPORT FREI« dann bohrt sich der schrille Ton der Trillerpfeife durch Mark und Bein, und schon trabt die Menge im Kreis. Jetzt wechselt das Feld der Klassenbesten. Fliegen die einen scheinbar mühelos vom Sprungbrett über den »Kasten lang«, so prallt nun manche Russisch-Eins dumpf gegen den Doppelbock. »Falsche Schrittfolge, keine Kraft beim Absprung«, tönt es aus dem Sportlehrermund, dann der schrille Pfiff, »und der Nächste«.

Nachmittags sind wir alle gleich, wir treffen uns mit unseren Statussymbolen – den Fahrrädern. Ein neues Fahrrad ist eine Herausforderung für die meisten von uns männlichen Besitzern. Alles was wir bei anderen entdecken oder manchmal auch in der

Auslage eines Schaufensters erspähen, wird sich zum gegebenen Anlass gewünscht, selbst gekauft, später getauscht und manchmal auch geklaut.

Mein Fahrrad entfernt sich schnell vom Auslieferungszustand. Den Lenker zieren zwei Rückspiegel, Nabenputzringe, am Sattel baumelt eine Satteltasche, und das Heck verschönern nun zwei Schmutzfängerlappen untereinander, besetzt mit einer reichhaltigen Kollektion bunt reflektierender Katzenaugen. Wohldosiert habe ich schwarz-weiß kariertes Rallyeband und Mikrolux an Rahmen und Schutzblechen verteilt.

Das Tachometer am Lenker ist die größte Herausforderung, über 40 km/h bergab, und wenn die Tachopese bricht, besuchen wir unermüdlich das Fahrradgeschäft und nach mehrfachem »Ham-wa-nich« von einem mürrischen Fahrradartikel-Fachverkäufer halten wir irgendwann das lebenswichtige Ersatzteil mit Stolz in der Hand.

Das Wetter im April ist wechselhaft, ich bekomme Halsschmerzen und dann Schüttelfrost. Die Quecksilbersäule des Fieberthermometers steigt auf 38,8°. Ich schlucke Fibrex und muss eine von diesen braunen Halsschmerztabletten lutschen, die den Hals ganz taub machen und auf der Zunge einen ekligen Belag verursachen. Eine unplanmäßige Trabantfahrt in der Woche bringt mich in den Berliner Vorort. Stolz verkünde ich »Oma, ich bin krank, kannst mich wieder gesund machen« Während meine Oma die Unterweisungen meiner Mutter vernimmt, wird mein Vater bald etwas unruhig, »Wir müssen zurück«.

Oma winkt für mich dem davonfahrenden Trabant hinterher, denn ich liege schon bibbernd im noch kalten Bett. Dann gibt es Tee mit Holundersirup – selbst gemacht, der Zwieback kratzt im Hals, einen Löffel Honig, wie einen Bonbon soll ich ihn lutschen. Am nächsten Morgen geht es mir schon viel besser.

Oma will mir eine Honigmilch und einen Grießflammeri zum Frühstück kochen, doch die Milch flockt, ist sauer geworden. Nun wird aus Babysan-Pulver ein wässriger Milchersatz zusammengequirlt, pfui Teufel! Babysan schmeckt eigentlich total gut, aber man muss es mit etwas Milch, viel Zucker und Kakao zu einer dicken klebrigen Masse verrühren und dann genießen, bis die Bauchschmerzen einsetzen.

Sei nicht so mäkelig, sagt Oma, du willst doch wieder gesund werden. Die dickgewordene Milch wird in ein weißes Leinentuch gegossen und tropft nun in der Speisekammer über einem Kochtopf ab. Am nächsten Tag haben wir schönen Quark. Schon am Wochenende bin ich wieder gesund, muss noch etwas vorsichtig sein und darf nur mit Mütze und Schal an die frische Luft.

Der Garten meiner Oma liegt dicht an einem kleinen Fluss, nur eine Reihe Wochenendgrundstücke trennt uns vom Ufer. Direkt hinter uns hat Familie Dressel ihren Bungalow. Die Frau trägt als Frisur immer einen blonden Dutt. Ihr Sohn ist etwas älter als ich und kann mit mir nicht viel anfangen, der Mann arbeitet beim Film und kümmert sich besonders viel um die jungen Studentinnen, behauptet meine Oma.

Die Dressels fahren einen Polski-Fiat mit einer langen Antenne hinten. Ihr Grundstück liegt direkt am Wasser. Zu Pfingsten ruft mich Herr Dressel zu sich, er ist beim Aufräumen, überall liegt altes Zeug rum. Im Gebälk eines seitlichen Schleppdaches hängt ein völlig verstaubtes Faltboot, ein Einer. An der Unterseite kann man noch den Namen »Flipper 2« erahnen.

»Willst du es haben? «, fragt er. Na logisch will ich es haben, man will immer alles haben, ob ein ausgedientes Kinderwagengestell, ein altes Fahrrad oder einen Handwagen ohne Räder.

Alles, was man irgendwo findet, wird nach Hause geschleppt und die unbedingte Notwendigkeit, auch unter Einsatz von Tränen, diskutiert.

Aus der Wassersportzeit meiner Großeltern stehen noch Holzpaddel im Keller. Die Stoffbespannung des Faltbootes muss gestrichen werden. In Berlin bekommt man hierfür blaue Faltbootfarbe. Am nächsten Wochenende streiche ich das Boot, vielmehr gebe ich nach einigen Versuchen auf, die Farbe mit einem harten Pinsel, den ich im Keller gefunden habe, aufzutragen. Mein Vater streicht das Boot zu Ende. Meine Mutter hat es vorher innen und außen mit Ata und Fit gereinigt. Ich kann die erste Fahrt kaum erwarten.

Frau Dressel ist in ihrem Garten, interessiert sich aber nicht für das Ereignis, Herr Dressel ist bestimmt mit den Studentinnen unterwegs, denke ich. So gehen wir zum Wasser, die ganze Familie, mein Vater und ich tragen das Boot, meine Mutter trägt eine Wäscheleine in der Hand, die soll ich mir um den Bauch binden, damit sie mich retten kann, und hintendran meine Oma, sich öfter bückend, Unkraut am Wegesrand zupfend. Dann kreuze ich auf dem Flüsschen rum, weiß nicht, wie man richtig lenkt, verwickele mich in der Wäscheleine und bekomme schlechte Laune. Zur Kaffeestunde essen wir Torteletts mit Pflaumenmus und vertragen uns alle wieder, und bald schon kann ich vorwärts, rückwärts, rechts und links manövrieren.

10. Geschichte
Heißer Sommer

Noch einmal Milchpause, dann haben wir Zeugnisausgabe. Mein Zeugnis ist gut, ein Lob, fünf Einsen, sieben Zweien, in Sport eine Drei. Um dreiviertelelf beginnen die Sommerferien, vom 5. Juli bis zum 31. August.

In der Wohnung ist es kühl, ich mix mir einen Cola-Sirup, in der Küche liegt ein Brief von meinen Eltern, für den Ferienjungen. »Pass schön auf, wenn du mit dem Fahrrad zum S-Bahnhof fährst, sag Oma wir kommen schon Freitagabend, Kuss Mutti und Papa, PS steck dein Geld in den Brustbeutel«.

Daneben liegt meine Lieblingsschokolade, mit den Hühnern vorne drauf, und 20 Mark Feriengeld. Ich packe alles in meine Umhängetasche, die Bahn um 12.08 Uhr schaffe ich nicht mehr, aber die nächste. Oma wird sicher mit dem Mittagbrot warten, schnell raus aus der Stadt in die Ferien.

Der Fahrkartenautomat bringt mit lautem Ächzen die gelbe Pappfahrkarte, Preisstufe 2, heraus. Noch eine zweite fürs Rad, dann schnell die Treppe hoch. Das Hinterrad schlägt mir mehrfach gegen mein Bein – aua, dann bin ich auf dem Bahnsteig. Ich habe noch ein paar Minuten und gehe bis zum Ende des Bahnsteiges, denn im letzten Wagen ist das Fahrradabteil. Dann kommt die S-Bahn, die warme Sommerluft flimmert über den Gleisen.

Der Zug ist recht leer. Man kann die Türen während der Fahrt öffnen, doch das trau ich mich nicht. Ich ziehe das Fenster runter und halte den Kopf in den Wind - das ist für mich lässig genug. Unter dem Fenster stand mal auf einem Schildchen »Nicht hinauslehnen«, jetzt steht da nur noch »Nicht hin_s_eh_en«. Mit dem Fahrrad geht der lange Weg vom Vorortbahnhof viel schneller, jetzt bin ich ein Reisebus. Auf den Bürgersteigen mit Plattenbelag schaffe ich knappe Dreißig – Autobahn volle Pulle, denke ich.

Oma freut sich, »gib mir erst mal nen Kuss«. Wir machen im Garten Mittag – Eierkuchen mit Apfelmus. dann liest sie sich mein Zeugnis genau durch, sie hat ihre Brille mit den eingeschliffenen Lesegläsern auf, hinter dem Ohr ein Stück Watte. »Das Scheißohr tut immer weh.« Ihre Augen wandern über die Zeilen, sie freut sich über meine Beurteilung, dass ich ein vorbildlicher Pionier bin, ein Lob bekommen habe, nach der Drei in Sport fragt sie kurz. Ich bekomme eine Tafel Yogurette aus dem Intershop und zehn Mark West.

Am Wochenende sitzen wir alle zusammen vor dem Fernseher, leider kommt »Ein Kessel Buntes«. Ich schiebe mich auf der Couch hinter Oma und Mutti und schlafe ein. Nach dem Wochenende bleibt noch eine Woche bis zum Kinderferienlager. Ich nehme mir viel vor: Faltboot fahren, am Fahrrad was basteln, einen Katschi oder eine Erbsenschleuder bauen, mit einem meiner Kumpels Autonummernschilder aufschreiben. Aber dann fange ich doch nur alles an, fahre baden und gammel zu viel rum, wie Oma meint.

Montagfrüh der darauf folgenden Woche warte ich mit fremden Kindern auf einen Bus. Dann kommt er, der Ikarus-Reisebus, Sonderfahrt steht als Zielbezeichnung. Wir fahren in den Harz, ins Betriebsferienlager. Einige Kinder waren schon mal da, kennen sich aus. Ein dicklicher Junge mit viereckiger Hornbrille hat ein paar alte Bekannte wiedergetroffen, sie nennen ihn Professor, er erzählt vom Betreuer im letzten Jahr, der war Geologe, man nannte ihn Steini. Leider ist er dieses Jahr nicht dabei. Der Professor teilt sein Wissen kund: »Auch in einem grauen Stein kann ein Schatz im Innern sein.«

Der Gebäudekomplex einer alten Mühle, Schlafräume, Doppelstockbetten, Küchenhaus mit Speiseraum und Lagerehepaar empfangen uns. Schnell sind die Betten aufgeteilt, ich habe nur oben eines abbekommen. Campingbeutel fliegen hin und her, auf dem Tisch werden die ersten Süßigkeiten getauscht oder erbettelt. Wir müssen unsere Betten selbst beziehen, das macht sich oben nicht so gut, muss ich im nächsten Jahr schneller sein. Dann wird das Gelände erkundet. Neben mir im Bus saß Ralf, er ist wie ich das erste Mal hier. Auch er hat die Geschichten vom Professor gehört, wir suchen ein paar graue faustgroße Steine und zerschlagen sie mit größeren Feldsteinen, leider ist nichts drin, im nächsten nichts und im übernächsten auch nicht.

Drei Mal ist Disko, das politisch vorgegebene Sechzig-zu-vierzig-Verhältnis für den Ost- und den Westmusikanteil bei Tanzveranstaltungen findet bei unseren Betreuern keine Beachtung.

Da sitzen wir nun im Speiseraum, die Außenkanten säumend, und beäugen uns. Bald tanzen die ersten Mädchen, dann kommt Damenwahl, und bald tanzen wir nach Sweet, Harpo, Mud und den Rubettes. »Juke Box Jive«, der Titel hört an einer Stelle abrupt auf, und dann geht er doch weiter.

Ich tanze mit angewinkelten Armen vor Anett. Nachdem »Juke Box Jive« dann doch zu Ende ist, kommt »I Santo California« mit Tonerò. Anett legt nun ihre Hände auf meine Schultern und ich halte mich an ihren Hüften fest, dann kreisen wir viele Runden, das ist schön. Nach Tonerò geht sie schnell zu ihren Freundinnen.

Nachtruhe – in den Betten kommen die Taschenlampen zum Einsatz, Dick-und-Doof-Witze werden erzählt, plötzlich ruft einer »Die Weiber kommen«. Tatsächlich betreten drei Mädchen unser Zimmer, hocken sich auf die vorderen Bettkanten. Alle sind noch wach, auch die Betreuer. Der Strahl einer leistungsstärkeren Lampe flutet unser Zimmer. Obwohl die Mädchen schnell genug unter die Decke geschlüpft sind und sich alle schlafend stellen, lautet die Ansage »Ruhe jetzt hier, und wer hier nicht her gehört, ab in sein Zimmer«. Dann wird es still, die ersten Flachbatterien haben ihr Pulver verschossen. Der nächste Tag beginnt mit Frühsport.

Bald schon sind die zwei Wochen vorbei, der Ikarus schlängelt sich bewundernswert auf den engen Hof. Ich will wieder Busfahrer werden. Nach einigen Stunden sehen wir die erste S-Bahn, es wird geklatscht, dann gibt es bald Abschiedstränen, Adressen werden getauscht. Ich tausche mit Anett und Ute meine Adressen und habe beim Empfang meiner Eltern das sichere Gefühl, nun zwei Freundinnen zu haben.

Die dann folgenden Ferientage scheinen etwas ernüchternd zu werden. Doch zum Glück ist mein Freund Uwe da. Er ist genau wie ich die ersten Jahre im Vorort bei seiner Oma aufgewachsen. Jetzt hocken wir in seiner Dachkammer und schwärmen von unseren Ferienlagern. Seine Freundin kommt aus Neustadt/Orla, wir finden den Ort im Schulatlas – ganz schön weit weg. Uwe meint, dass er vielleicht bald mal vorbeifährt, aber vorher schreibt er erst mal. Ich schreibe auch, beiden Freundinnen.

In den nächsten Tagen gehen wir baden, trinken rote Brause und essen Vanille-Eis-Stangen, die sind halb mit einer dünnen Schicht Schokolade überzogen, in Silberpapier eingewickelt und kosten dreißig Pfennig. »Lies doch mal dein Buch weiter«, sagt Oma. In den Ferien lese ich immer ein Buch. »Bootsmann auf der Scholle« und »Die Reise nach Sundevit« von Benno Pludra habe ich in den vergangenen Ferien gelesen. Diesmal ist es »Käuzchenkuhle« von Horst Beseler. Es ist spannend, spielt in den Sommerferien und passt zu dem Gefühl, das mich in diesen acht Wochen begleitet. Aber nach zehn Seiten muss ich erst mal was anderes machen. Ich gehe in den Keller, will irgendwas rumfummeln. Ich biege das Tachometer an meinem Fahrradlenker noch etwas schräger, dann doch wieder etwas zurück, und dann bricht es ab – Scheiße.

11. Geschichte
Neue Erkenntnisse und Errungenschaften

Ein neues Schuljahr. Die durchsetzungsschwache Russischlehrerin ist krank, bleibt krank und kommt nicht wieder. Wir haben Ausfall, Vertretung, dann kommt eine neue Russischlehrerin, streng und erbarmungslos hämmert sie uns das »aja oi oi uju oi oi« ein. Die Sitzordnung im Unterricht wird gemischt, leistungsstärkere Schüler sitzen neben leistungsschwächeren. Neben mir sitzt Wolfgang, er ist ein Netter, nicht so einer von den Fiesen. Bei Leistungskontrollen schiebe ich meine Lösungen bis zur Tischmitte, so dass er es beim Abschreiben leichter hat. Manchmal, wenn ich schneller fertig bin, tauschen wir auch unsere Arbeiten komplett aus. Ich verdrehe die Hand etwas, damit meine Schrift anders aussieht und löse seine Aufgaben mit seinem Füller.

Wolfgangs Vater arbeitet bei der Berliner Müllabfuhr als Beifahrer. Auf der Müllkippe treffen sich Ost- und Westfahrer, erzählt Wolfgang. Aus dem Westmüll suchen die Ostmüllmänner manchmal brauchbare Dinge heraus, Zeitschriften zum Beispiel. An einem Herbstnachmittag treffen wir uns bei Wolfgang. Der Vater hatte Frühschicht und ist nach der Arbeit mit seiner Schwalbe und Anhänger in die zehn Kilometer entfernte Kleingartenkolonie »Einheit« gefahren. Seine Aktentasche steht neben der Couch im Wohnzimmer. Die Taschenkontrolle ist erfolgreich, Wolfgang zieht ein kleines buntes Heft heraus.

In unserem Alter ist man ja voll aufgeklärt. Meine Mutter hat mir schon mit sieben alles sehr übersichtlich erklärt. Im Schul-Duden findet man die Begriffe Sexappeal und Sexbombe, da lacht man dann voll ab. Außerdem haben meine Eltern das *Magazin*, beim Blättern findet man schnell die ein bis zwei Aktfotoseiten. Die Darstellungen im Biologiebuch bedürfen schon einiger Phantasie, um dem Anspruch einer geringen Erregung zu genügen.

Bei der kleinen bunten abgegriffenen Zeitschrift aus der Aktentasche verhält es sich da ganz anders. Mit rotem Kopf und zitternden Händen blättern wir uns durch das Heft. Da sind zwei Männer sehr dicht an einer Frau, man sieht ganz genau, wie es geht und was so alles geht. Die Bilder beschäftigen mich noch eine ganze Weile.

Nun wird man erwachsener, kennt sich aus. Auch Musik spielt eine größere Rolle. Ich besitze eine Puhdys-LP, die mir aber nicht so richtig gefällt. Einer aus der Klasse hat schon einen Minett-Kassettenrekorder. Als wir einmal in der dritten Stunde Ausfall haben, gehen wir zu ihm nach Hause und hören Udo Lindenberg, »Elli Pirelli«, »Riki Masorati« und »Alles klar auf der Andrea Doria«. Zum Ende wird noch über Otto Waalkes abgelacht.

Kurz vor Weihnachten machen mir meine Eltern ein tolles Angebot: »Wollen wir zusammen einen Kassettenrekorder kaufen? Du gibst von deinem Taschengeld den Anteil und wir unseren«. Wir fahren mit Bus und U-Bahn zum RFT-Fachgeschäft am Alexanderplatz. Die Auswahl ist begrenzt, das von meinem Vater festgelegte Budget auch. 600 Mark bleiben im Fachgeschäft und wir besitzen einen »Sonett 77«-Kassettenrekorder, ein Überspielkabel, ein Tischmikrofon und eine Sechzig-Minuten-ORWO-Magnetbandkassette. Der Verkäufer hat ganze Arbeit geleistet.

Die Hoffnung meiner Eltern lastet auf mir, ich enttäusche sie nicht und bin schnell kundig im Umgang mit der neuen Heimtechnik. Das Überspielkabel wird ans Transistorradio angeschlossen, und wenn der Radiosprecher verstummt, muss ich sofort die beiden Aufnahmetasten zugleich drücken. Meine allererste Aufnahme ist »Hymn« von Barclay James Harvest. Weder kenne ich die Band, noch weiß ich den Titel im Einlagepapier der Kassette einzutragen. Aber Ordnung muss sein, und der Titel gefällt mir auch anonym. Also schreibe ich das erste Wort ein, dass ich denke zu verstehen, »Wallestie«, so hört es sich jedenfalls für mich an.

»Nimm mal was für uns auf«, drängelt meine Mutti, und so folgt nach »Wallestie« Peter Alexanders »Die kleine Kneipe«, das kann ich schreiben. Irgendwann erweitert auch Baccara mein Magnetbandmedium, ich schreibe ins Titelverzeichnis: »J e s s o-r e i k e n b u g i e« und bin mir in bezug auf die Rechtschreibung nicht so ganz sicher.

Schon bald wird im RFT-Fachgeschäft eine braune kunstlederne Kassetten-Aufbewahrungsbox für zehn Kassetten gekauft. Der Kassettenbestand wächst stetig. Auch das Westgeld bekommt einen neuen Wert. Kostet die schlicht gestaltete ORWO-Kassette zwanzig Mark, so kriegt man für fünf Mark West im Shop eine gelb-schwarze BASF-Kassette mit viel größerem Sichtfenster für viel besseren Blick auf den Spulenstand.

Feste Radiosendungen gestalten nun den Wochenlauf unserer Familie. Donnerstags sitze ich in der Küche und bin ab 20.05 im SFB 2 bei »Hey Music« mit Jürgen Jürgens auf Sendung. Auch auf DT 64 lassen sich die Kassetten wochentags um 15 und 15.35 bei »Duett, Musik für den Rekorder« ab und zu brauchbar bespielen. Den Lord Knud teile ich mir mit meinen Eltern, sie halten ihre Daumen samstagvormittags bei »Evergreens-a-go-go« in Aufnahmebereitschaft, und ich bin am Vorabend bei »Schlager der Woche« im Einsatz.

Im Frühling lerne ich im Vorort Sonja kennen. Sie besitzt einen Anett-Radiorekorder. Wie Sonja liegt auch mir mehr die sanfte Musik, und so rücke ich nun öfter mit Sonett und Leerkassetten an. Wir verbinden uns mit dem Überspieldiodenkabel, kopieren unser wertvolles Hörgut hin und her. Bee Gees, Smokie und Hollies kommen gut an. Mein Favorit ELO, das Electric Light Orchestra, ist ihr aber etwas zu laut – »Don't bring me down« – ich habe noch nicht rausgefunden, was das auf Deutsch heißt, wippe beim Refrain aber intensiv mit meinem Kopf.

Nachdem ich mehrmals fachgerecht den Tonkopf mit Ohrstäbchen und Brennspiritus gereinigt habe, verspüre ich schon bald den Drang nach Veränderungen an der Heimelektronik. Der hauptstädtische Bastelbedarf liefert dafür einige gestalterische Möglichkeiten. Ich wechsele erst einmal die Bedientasten aus, ein metallener Handtragegriff lässt das Gerät wertiger wirken. Aber wenn man schon mal in die Technik tiefer eingedrungen ist, stellt sich auch die Frage, warum denn die Vor- und Rückspultasten eigentlich nicht rasten wie bei Westrekordern.

Die Abspieltaste rastet, weil hier in der Mechanik eine Nut vorgesehen wurde. Wenn auch etwas unsicher, bangend, die gewohnte Funktionstüchtigkeit des Gerätes nicht wieder herstellen zu können, zerlege ich mit innerer Unruhe die mechanischen Teile. Dann feile ich die Nuten für besagte Spultasten nach. Tatsächlich, nun kann rastend gespult werden. Dass man darauf noch nicht gekommen ist, kann ich nicht verstehen. Ich zeichne die Veränderung sorgfältig auf Millimeterpapier und schicke das Ganze zum VEB RFT Staßfurt als Neuerervorschlag. Nach einigen Wochen bekomme ich sogar eine Antwort. Man werde sich der Sache annehmen, derzeit bestehe jedoch noch kein Handlungsbedarf, aber sobald dieser Artikel umfassenden Modernisierungen unterzogen wird, werde man meinen Vorschlag mit berücksichtigen. Ich soll auf jeden Fall weiter forschen. Na toll, ich dachte, die bauen das gleich. Egal, meine Tasten rasten ab jetzt, für immer.

12. Geschichte
Kellergeschichten

Bei uns werden immer Zettel hingelegt. Wo man ist, das ist wichtig, weil man sich sonst ja Sorgen macht. So ist mein Vater nochmal zur Garage gefahren, Mutti ist schnell zur Turbine - das ist unsere Kaufhalle. Ich bin mit dem Fahrrad zu Lutz gefahren und komme gegen sechs wieder. Beendet wird der Zettel immer mit einem »Kuss Mutti« oder »Küsschen«. Letzteres liest sich wegen des »sch« etwas eigen, wie Küschen.

Im Vorort unterscheiden sich die Zettelinhalte etwas, hier heißt es »Bin auf dem Friedhof und danach noch zum Konsum«. Manchmal ist der mitgeteilte Verbleib eines Familienmitgliedes auch ganz simpel, »Bin im Keller«. Der Keller ist ein fester Bestandteil unseres Wohn- und Lebensraumes. Der städtische Q3A-Block-Kellerraum ist ein mit ungehobelten Brettern abgeteilter Mieterbereich. Die Wände bestehen aus großporigen Betonwerksteinen, an der Decke verlaufen alle wichtigen Leitungen und Rohre, die die darüber liegenden Wohnungen ver- und entsorgen. Ein einfaches Schloss sichert den privaten Bereich der jeweiligen Mietpartei.

Hinter der Bretterwand beginnt etwas ganz Persönliches, damit man das nicht sieht, werden die Bretterwände von innen mit ausgedienten Teppichen, Sprelacartplatten oder Pappen gegen unbefugtes neugieriges Reinschmulen gesichert. So versucht man, mit Hilfe des Haustürschlüssels, eines Stockes oder was immer man Hilfreiches findet, den Sichtschutz zur Seite zu schieben oder in den Pappverblendungen dauerhafte Gucklöcher zu erzeugen. Meist ernüchternd enden die Observierungen der nachbarlichen Kellerräume: vollgepackte Regale, meist Eigenbau, Restbestände an Stapelbriketts noch aus der Ofenzeit. Herr Gruber ist Musiker, in seinem Keller steht ein riesiger Bassgeigenkasten.

In unserem Keller lagern in alten Schränken neben ausgelagerter Kleidung meine ausgedienten Spielzeuge, in alten Koffern befindet sich ein Teil der Jugend meiner Eltern. An den Wänden hat mein Vater alte Kalenderbilder mit Urlausorten der Nachbarländer angeklebt, das Schwarze Meer, winterliche Stimmung in Zakopane, eine Nachtaufnahme vom Pariser Triumphbogen. Ein Regal ist gefüllt mit Eingewecktem und Most aus eigener Ernte. Auf einem Hocker steht die Wäscheschleuder, ein Gerät, das mir Angst macht und mich zugleich herausfordert. Die Schleuder hat die Größe eines mittleren Kartoffelsacks und steht auf einem aufblasbaren Gummiring. Nach dem Schließen des durchsichtigen Deckels muss man nur noch den Sicherheitshebel zur Mitte schieben, und dann geht es los.

Das Ungetüm muss mit beiden Händen unter mittelstarkem Druck nach unten an den seitlich befindlichen Griffen festgehalten werden. Die Vibration erfasst den gesamten Körper, selbst die Lippen fangen an zu jucken. Noch schlimmer kommt es, wenn man schwere nasse Wäsche einseitig in die Trommel gelegt hat. Dann übernimmt die Höllenmaschine das Kommando und man hat nur noch die Chance, den Sicherheitshebel beherzt zur Seite zu reißen.

Das Kellerareal in Omas Vororthaus unterscheidet sich gänzlich vom Stadtkeller. Allein die Bauart widerspiegelt alle Um- und Anbauphasen des Hauses. Das Haus ist vollunterkellert und jeder Raum hat neben unterschiedlichen Deckenhöhen auch eine völlig eigene Bauweise. Einzig der Fußboden ähnelt sich in allen Räumen, die Feuchtigkeit des darunterliegenden Erdbodens schlägt mehr oder weniger durch. Hier und da liegt ein Linoleumrest, darunter leben Kellerasseln und anderes Getier. Dennoch hat die Kelleratmosphäre hier etwas Anheimelndes. Aus Deckenritzen kann man alte Zeitungsreste rausziehen, in den Regalen lagern unbekannte Bau- und Bastelmaterialien, ein Glas mit blauem Pulver, Mausefallen, Wofatox, der Kampfstoff gegen Maulwurfsgrillen – hochgiftig. Im Keller sind auch die Kohlen für die fünf Öfen, es sind Rekord-Briketts, schwarze eierförmige Teile. Zweimal im Jahr bekommt meine Oma Kohlen. Die Kohlenhändler weigern sich, in den Keller zu liefern, da Tür- und auch Kellerhöhe zu gering sind. Und so liegt zweimal im Jahr ein riesengroßer Berg von schwarzen Briketts im Garten. Manchmal empfängt uns am folgenden Wochenende meine völlig verdreckte Oma und hat den halben Berg bereits allein in den Keller geschafft. Dann packen wir alle an, einer stößt sich immer den Kopf. Wenn der Berg im Keller ist, sind wir alle verdreckt, auch der Schnodder ist kohlrabenschwarz, wenn man ins Waschbecken schnaubt. Egal, es ist immer ein gutes Gefühl, wenn die Kohlen im Keller sind, dann kann der Winter kommen. Holz zum Anmachen gibt's im Wald und Streichhölzer im Konsum. Irgendwo im Vorort-Keller finde ich auch die Angelausrüstung meines Opas.

13. Geschichte
Der Erfolg am Haken

Immer will man irgendetwas machen. Ich trete in den DAV ein, das ist der Deutsche Angler Verband, es gibt eine Jugendgruppe. Hier bringen alte erfahrene Angler uns bei, wie man den Fisch fängt. Fisch schmeckt mir nicht so besonders. Aber auch in mir wohnt ein kleiner Jagdtrieb. Neben dem Umgang mit Angelsehne, Pose und Bleilot ist der Anglerteig ein interessantes Zeug. Jeder hat da sein eigenes Rezept.

An den Wochenenden tagt der Vorort-Angelverein öfter zur Mitgliederversammlung. Ich bekomme Kontakt zu den auch in der Woche im Vorort aufwachsenden Jungen. Beim Preisangeln fangen wir nichts, gemeinsam vertilgen wir den Anglerteig, meiner schmeckt am besten, weil Butter mit dran ist. Ich finde neue Freunde. Welche, die beim Baden auf Lastkähne raufklettern, bis zum Bug laufen und dann mit dem Kopf zuerst ins Wasser hechten. Einer meiner neuen Kumpel kommt mich irgendwann im Garten besuchen. Er sieht Charles Bronson ähnlich. Ich habe im Keller einen Bootsmotor, Nixe-S, gefunden. Der geht aber nicht. Wenn er gehen würde könnte man ihn am Faltboot festmachen. Mit meinem neuen Charles-Bronson-Kumpel zerlege ich den Motor, mit Bärendreck, einem klebrigen Dichtmittel, ersetzen wir verschlissene Dichtungen, bauen alles wieder zusammen und versuchen wieder und wieder, den Motor zum Laufen zu bekommen. Mit schwarzen Fingernägeln geben wir irgendwann auf.

An einem Oktoberwochenende fahren wir in den Süden der DDR, ich habe nämlich noch eine Oma. Meine zweite Oma lebt in Thüringen, sie hat vier Kinder und dadurch auch viele Enkel, ich bin dort einer von sieben weiteren, meinen Cousins. Nach sechsstündiger Fahrt in unserem nunmehr zweiten Trabant, einem papyrusfarbenen, kommen wir an. Onkel, Tante und meine zweite Oma empfangen uns mit warmem Thüringer Dialekt und heißem Thüringer Essen. Dann stehen drei meiner Cousins erwartungsvoll vor mir, ich bin der Berliner und mir meiner Bedeutung nicht bewusst. Meinen Kassettenrekorder und eine Auswahl meiner Mitschnitte habe ich dabei, zeige sie aber nicht gleich. Mein ein Jahr älterer Cousin nimmt mich mit zu den Jungs in der Nachbarschaft. Auch hier werde ich mit gewissem Respekt empfangen, »Der Berliner«, außerdem ist mein Cousin einer, der was zu sagen hat.

Wir gehen hoch in die Bude von einem Älteren, sie nennen ihn Schütte. Eine Schachtel Zigaretten macht die Runde- Marke Alte Juwel. Ich ziehe auch eine Zigarette aus der Schachtel, Schütte gibt allen Feuer. Ich, der Berliner, ziehe auch lässig an meiner Zigarette, der Geschmack ist eklig, wie ich bei den anderen sehe, kommt der Rauch nicht gleich wieder raus, es dauert eine Weile, dann kommt erst was, teilweise sogar aus den Nasenlöchern. Ich versuche den Rauch irgendwie runterzuschlucken. Mein Cousin drückt seine Zigarette bereits im Aschenbecher aus, ich zerdrücke meine auch schnell, sodass man nicht sieht, wie viel noch übrig ist.

Schütte hat ein Tonbandgerät, eines aus der Tschechoslowakei. Er legt ein Band ein und muss ganz schön fummeln, das scheint nicht so einfach wie eine Kassette zu sein. Aber dann schlägt ein harter E-Gitarrensound aus dem Gerät. Schütte hat seine Zigarette lässig im Mundwinkel und bewegt seinen Kopf, er hat schulterlange Haare, anders als meine, die sind ordentlich geschnitten von Oma, die Ohren frei, Koteletten und einen Seitenscheitel. Oma schneidet mir immer die Haare. Da hast du wieder einen ordentlichen Faconschnitt, sagt sie zu meiner Frisur, wenn sie fertig ist. Wir hören Led Zeppelin, gut, dass ich meinen Kassettenrekorder nicht ausgepackt habe. Smokie würde hier nicht so gut ankommen, denke ich bei mir.

Zum Kaffee müssen wir wieder zurück sein. Mein Cousin schiebt mir auf dem kurzen Rückweg einen Pfeffi zu und erklärt mir verantwortungsbewusst, dass die Alten ja nicht mitbekommen müssen, dass wir gequarzt haben. Dann sitzen wir alle am runden Tisch bei meiner zweiten Oma. Es gibt Schmandkuchen. Ob wir auch Bohnenkaffee kosten wollen - klar doch. Auch mit viel Milch schmeckt Kaffee bitter.

An der Wand hängt ein hölzernes Jesuskreuz, meine zweite Oma glaubt an Gott, ich nicht. Obwohl ich es manchmal gerne würde, wenn ich abends im Bett an den Tod und die Unendlichkeit denken muss, dann wird mir ganz komisch und ich kann nicht einschlafen. Da wäre es dann doch schön, wenn man am Ende auf was hoffen könnte.

Nach dem Kaffee sind meine Eltern und ich allein mit meiner zweiten Oma. Sie holt einen Umschlag aus der Anrichte, von den Braunschweigern, müssen die anderen ja nicht sehen. Im Umschlag ist Westgeld.

Dann werden Geschichten von vielen fremden Leuten, alles meine Verwandten aus Frankfurt am Main, Braunschweig und mir fremden Orten, erzählt. Irgendwann geht die Stubentür langsam auf, mein Cousin lotst mich raus.

Mit einem »Sei vorsichtig!« meiner Mutter verlassen wir das mir so schnell vertraute Haus zu einem anderen Kumpel. Ich bin der Berliner Cousin. Aus einem Schuppen hinter dem Haus werden drei Gefährte rausgezottelt, bestehend aus einem zersägten Kinderwagengestell, einer Brettkonstruktion, Sitzfläche und Lehne. Das sind Seifenkisten, die sich die Jungs hier gebaut haben. Wir ziehen die Dinger durch die Stadt, immer leicht bergauf, im naheliegenden Wald geht es weiter aufwärts – ein Berg.

Nach zehn Minuten Aufstieg erhalte ich eine kurze Einweisung, gelenkt wird mit den Füßen, ein seitlich montiertes Kantholz ist die Bremse. Mein Cousin und sein Kumpel fahren vor. Mit leicht mulmigem Gefühl im Bauch folge ich ihnen, mit zunehmender Geschwindigkeit erscheint der Weg immer schmaler. Auch das Bremsholz kann die nunmehr erreichte Geschwindigkeit nicht mehr beeinflussen. Fast schaffe ich dennoch den ganzen Weg talwärts, doch in der letzten Kurve fehlt einfach die Koordinierungserfahrung. Ein Hagebuttenstrauch nimmt mich schützend auf, zum Glück habe ich die braune Kutte an, die kann einiges ab. Alles okay, vermelde ich den beiden Wartenden am Ende der Piste. Dann ziehen wir die Dinger wieder durch die Stadt zurück.

Mit Brot vom Bäcker, bei dem mein Vater schon als Kind einkaufen war, einer strammen Thüringer Dauerwurst und Schmandkuchen treten wir am Sonntag nach dem Mittagessen die Heimfahrt an. Wir erreichen Berlin im Dunkeln.

14. Geschichte
Hauptsache, ein Kamm in der Tasche

Im Spätherbst ziehen Wolfgangs Eltern von ihrem Sommer-
wohnsitz wieder in die Wohnung zurück. Das ist so Tradition.
Dann werden die Fenster mit Holztafeln vernagelt, das Wasser
und der Strom abgestellt. Am Freitag bevor das passiert, gibt
Wolfgang eine Fete, meine erste Fete. Am frühen Abend treffen
wir uns in der Parzelle der nahen Kleingartenkolonie »Einheit«.
Aus dem Bungalow dringt Musik und Stimmengewirr. Ein Junge
aus der B-Parallelklasse öffnet sich gerade ein Bier, Berliner Spe-
zial für 1,28 Mark. Wer ein Bier will, soll 1,50 Mark auf eine
bereitstehende Untertasse legen. Auf dem Gartentisch liegen
Erdnussflips und Salzstangen, im Wohnraum des Bungalows
sitzen ein paar Mädchen aus der B-Klasse.

Man steht erst mal nur rum, ich fummel 1,50 aus der Hosentasche und nehme mir eine Bierflasche, auf dem Kronenver-
schluss ist ein Bär mit einem Biertablett über dem Kopf abgebil-
det. Nach einiger Zeit lasse ich mir die Flasche von einem Klassenkameraden öffnen. Das Bier riecht herb und schmeckt etwas
bitter. Ich trinke lässig einen Schluck und esse schnell Erdnussflips hinterher. Wir prosten uns zu. Alle trinken nun Bier. Vom
Kassettenrekorder kommt jetzt Santana mit »Samba Pa' Ti«. Ein
Mädchen aus der »B« tanzt dazu, die Umstehenden kichern –
die hat schon einen sitzen. Mit ihrem Palästinensertuch holt sie
sich abwechselnd Jungs zum tanzen. Bald tanzen mehrere um
sie herum. Meine Bierflasche in der Hand haltend, werde ich
nun von dem Mädchen eingefangen. Sie guckt wirklich komisch
mit etwas glasigen Augen. Bei »Words« von den Bee-Gees zieht
sie mich zu sich ran und fragt mich, ob ich ein Küsschen oder
einen Kuss will. Ich will einen Kuss und erlebe den ersten Kuss
mit Zunge in meinem Leben. Danach fängt sie sich schon den
Nächsten und ich stehe mit Bierflasche und rot glühendem

Gesicht am Rand des Ganzen.

Bald ist mein Bier alle und ich krame nochmal 1,50 raus. Das nächste Bier schmeckt bitterer als das erste, außerdem wird mir etwas schwummerich zumute. Gegen halb zehn fahre ich mit jaulendem Dynamo nach Hause und bin ganz neben mir.

Am nächsten Morgen stehe ich vor dem Spiegel und finde, dass ich bescheuert aussehe, meine Hosen sind das Schlimmste. Ich will eine Jeans, eine Westjeans. Oma meint, sie hätte schönen Stoff und würde mir eine moderne Hose nähen. Nein, sage ich, damit mache ich mich doch total zum Obst. Sie wird also mal sehen, was sie machen kann, wenn sie wieder nach drüben zu ihrer kleinen Schwester fährt. Eine Woche später fährt sie. Höchstwahrscheinlich wird sie der Schwester erklären, dass ihr Kleiner jetzt so eine Jeans braucht. Die Schwester wiederum wird wissen, dass die Dinger gar nicht so billig sind, aber am besten gehe man zu Woolworth. Am kommenden Wochenende liegt dann eine Woolworth-Tüte auf dem Vorort-Küchentisch. In höchster Erwartung entnehme ich der Westtüte eine bläuliche Hose aus recht weichem Stoff, die Hosenbeine sind großzügig geschnitten, zu großzügig. Das ist doch keine richtige Jeans.

Einige meiner Klassenkameraden tragen ausgewaschene Jeans mit Lederschild hinten, die sitzen total eng. Vielleicht läuft sie ja beim Waschen etwas ein, versucht meine Mutter es hoffnungsvoll, Oma besieht sich die Hose fachmännisch und meint, sie könnte die Hose abnähen. Mit Stecknadeln werden die Hosenbeine innen abgesteckt, ich muss sie ganz vorsichtig ausziehen. Dann ist die Hose enger, auch der spätere Versuch, sie mit einem Textilfärbemittel in den Status einer echten Jeans anzuheben, ist nicht erfolgreich, also erweitert sie fortan meinen Bestand der ungeliebten Hosen.

Erst beim folgenden Weihnachtsfest bringt mich eine Hose der Marke Rifle in den Status der echten Jeansträger. Man trägt jetzt Rollkragenpullover unter dem Hemd. Fast jeder Junge hat einen Kamm in der Hinterntasche. Das ist ein Stielkamm mit recht breitem Griff, der guckt aus der Tasche raus. Man kann sich ein Loch durch den Stiel bohren und einen Schlüsselring durchziehen, ich habe von Tic-Tac-Orange die Tic-Tac-Herzen ausgeschnitten und aufgeklebt, das fetzt dann mehr. Auch für meine Frisur habe ich jetzt feste Vorstellungen. Ich gehe nun zum richtigen Frisör. Wenn man die Haare schon nicht richtig lang, also bis auf die Schultern trägt, dann wenigstens halblang. Halblang bedeutet hinten länger und an den Seiten nur die Ohrläppchen frei. Bis auf einige Seitenscheitelträger teilt man seine Haare ansonsten sehr genau in der Mitte und hat somit den Mittelscheitel.

Unser Fön bringt nicht besonders viel Leistung, auch auf Stufe zwei ist es nur ein leichter warmer Luftzug, der der Düse entweicht. So passiert es, dass ich nach zwanzigminütigem Föhnen unzufrieden mein Werk im Spiegel betrachte. Doch dann kommt der Durchbruch. Ein Vielfaches an Luftmenge entweicht dem Auslassrohr unseres Staubsaugers. Ab jetzt gelingt die Mittelscheitelfrisur makellos.

Für einen Achtklässler bahnt sich für das Frühjahr ein großes Ereignis an, die Jugendweihe. Fast alle aus der Klasse haben Jugendweihe, außer zweien, die haben Konfirmation. Im Vorfeld erhalten wir Jugendstunden, so werden wir auf das große Ereignis vorbereitet. Bei einer dieser Veranstaltungen fahren wir ins Gericht. Ein Straßenbahnfahrer sitzt auf der Anklagebank. Er hat eingebrochen, nachts in einen Konsum, hat Schnaps geklaut. Die Richterin sagt nicht Schnaps, sondern Spirituosen. Außerdem ist er mehrfach der Arbeit unentschuldigt ferngeblieben. Er soll zu seinem Verhalten Stellung nehmen. Er schaut nur runter und zuckt mit den Schultern. Die Richterin fragt ihn, ob er denn bereue. Er antwortet undeutlich, dass er es schon bereue. Zum Ende wird das Urteil verkündet, 18 Monate Freiheitsentzug. Auch wenn die Schuld bewiesen ist, tut mir der Mann leid. Dass er nun im Sommer im Gefängnis sitzen muss und durch ein vergittertes Fenster rausguckt, bedrückt mich irgendwie.

Mit der nahenden Jugendweihe entsteht auch ein neues Bekleidungsproblem: Was ziehe ich bloß an? So fahren wir einen Monat vor dem großen Ereignis ins Berliner Centrum-Warenhaus und dann zur Jugendmode. Es wird ein zitronengelbes Oberhemd, ein dunkelblauer Cordanzug – etwas weit geschnitten – und, da ich um alles in der Welt keinen Schlips tragen werde, ein schwarzes Tuch mit weißen Punkten. Schick, sagt die Mutti, wirklich schick.

Im naheliegenden Großbetrieb erhalten wir an einem 7. Mai unsere Jugendweihe. Auf der Bühne des Kulturhaussaales stehen wir, verkleidet in verschiedenen Kombinationen feierlichen Aussehens und legen das - unser - Gelöbnis ab. Wir geloben alles und würden wahrscheinlich auch noch viel mehr geloben, nur um schnell wieder von der Bühne runter zu dürfen. Mit einer Urkunde und dem dicken Buch »Sozialismus, Deine Welt« dürfen wir dann auch bald runter. Danach gibt es eine Feier, ich darf auch ein Glas süßen Sekt trinken. Geschenkt bekommt man meist Geld, gar nicht mal so wenig. Ich kann in der folgenden Woche auf mein Sparbuch 500 Mark einzahlen.

Vieles ändert sich nun. Die Lehrer fragen uns ob wir gesiezt werden wollen. Außerdem haben wir jetzt einen Personalausweis. Passbilder gucken ist jetzt angesagt und die wichtigen Hinweise zum Umgang mit dem Personalausweis, die auf Seite Null stehen, laut vorlesen. Allerdings wird der Begriff Personalausweis bei diesen Vorträgen ersetzt.

– Bürger der Deutschen Demokratischen Republik – Dieser Arsch ist Ihr wichtigstes Dokument – Sie haben deshalb den Arsch stets

bei sich zu tragen, vor Verlust zu schützen und auf Verlangen den Angehörigen der Sicherheitsorgane der Deutschen Demokratischen Republik auszuhändigen bzw. anderen dazu berechtigten Personen vorzuzeigen –

... und so weiter. Dann ablachen. Man lacht bei so was immer mit, auch wenn einem mal nicht zum Lachen ist, sonst gehört man nicht richtig dazu.

Das Verhältnis zwischen uns und unseren Lehrern hat sich spürbar verändert, ob sie uns siezen oder nicht, sie gehen jetzt strenger mit uns um, sicher weil wir nicht mehr so niedlich sind, Pickel bekommen und anfangen zu stinken. Mein Zeugnis ist jetzt auch nicht mehr so gut wie gewohnt, zu viele neue Sachen. Das Periodensystem in Chemie verstehe ich nicht, die Mathelehrerin konfrontiert uns mit mehreren Unbekannten in einer Gleichung, und der Physiklehrer ahndet seine Disziplinprobleme mit unangekündigten Leistungskontrollen.

Seit einiger Zeit gehen wir alle zwei Wochen für einen Tag in den nahegelegenen Großbetrieb, dort haben wir PA, das steht für Produktive Arbeit. Wir stellen Schubriegel her, das bedeutet feilen, messen, feilen, messen und nochmals feilen. Manchmal sortieren wir auch stundenlang Schrauben und Muttern. Später setzen wir am Fließband Rasierapparate zusammen, interessant sind hierbei die Netzkabel, weil sie auch beim Kassettenrekorder passen, auch kleine silberne Federn, überhaupt kann man alles vielleicht irgendwann für was gebrauchen und es landet in unseren Stullenbüchsen oder einer der vielen Geheimtaschen der Kutten und Parka.

15. Geschichte
Technik die verbindet

Nach der 8. Klasse entscheidet sich, wer das Zeug zum Abitur haben darf. Einer will Lehrer werden, zwei haben wirklich den Durchblick, und einer will Offizier werden, da wird ein Auge zugedrückt. Ich bin nicht dabei und bleibe in meiner Klasse. Auch nicht schlecht, die Besten sind nun weg, und man soll sich nun endlich überlegen, was man denn mal später wirklich werden will.

Arbeitsgemeinschaften am Nachmittag bieten Orientierungs-möglichkeiten, zum Beispiel die Arbeitsgemeinschaft Elektrotechnik. Auf Steckbrettern stellen wir Stromkreise zusammen, für den Leiter der Arbeitsgemeinschaft ist es so am einfachsten, er schreibt die Aufgabenstellung an die Tafel, und wir sitzen und stecken, bis was hupt, blinkt oder mit kleinem Knall eine Sicherung kommt. Wir wollen aber viel lieber ein Radio bauen, besser noch eine Lichtorgel. Ja schon, aber und dann doch nicht. Wenn der Leiter uns mal alleine lässt, verlassen wir unsere Steckbretter schnell und beschäftigen uns lieber mit dem Kurbelinduktor. Kurbeln, kurbeln und dann peng!, schlägt ein blauer Blitz zwischen der kleinen und der großen Kugel des Gerätes über. Wer dann da mal anfasst, weiß, was Strom bedeutet.

Strom ist eine interessante Sache. In unserem Keller steht ein altes Radio aus der Vorfahrenzeit, zu schade zum Wegwerfen, aber zu alt, um es noch zu benutzen. An einem Nachmittag bin ich alleine zu Hause. Als nunmehr geschulter Elektrofachmann öffne ich das Gerät, stecke den Stecker ans Netz und sehe mir an, was da drin so passiert. Es leuchten einige Röhren geheimnisvoll, aus dem Lautsprecher brummt es, nur Musik bringt der Kasten nicht hervor. Vielleicht ist irgendetwas lose. Überall fasse ich kurz an und ruckel ein bisschen rum, erreiche schließlich eine kleine Sicherung, da wo auch das Stromkabel angelötet ist. Wie ein gewaltiger Ruck zuckt es durch meinen Körper. Dann liege ich flach auf dem Boden und überlege, ob ich jetzt sterben werde. Ich sterbe nicht, weiß aber, dass ich ein volles Ding gefeuert bekommen habe. Seitdem habe ich sehr viel Respekt vor Strom.

Die aus der Neunten sind schon über 15 und fahren Mopeds, einige unserer Mädchen gehen mit welchen von denen, haben sogar noch Ältere, die schon die Lehre machen. Uns beachten sie fast gar nicht mehr, da helfen auch die ersten Flaumhaare über der Oberlippe und der beginnende Stimmbruch nicht. Ohne Moped geht es einfach nicht. Im Vorort gibt es einen Nachbarn, der die Wochenenden nur in blauer Latzhose verbringt. Er bastelt an Autos, am Haus oder sägt ungeachtet des Wochentages und der Uhrzeit mit der Kreissäge. Sagen würde dagegen niemand was, denn jeder werkelt irgendetwas rum, das auch Geräusche verursacht. Außerdem ist der besagte Nachbar ein knallharter Hund. Er soll sogar schon gesessen haben, wegen versuchter Republikflucht. Wenn man mal was braucht, verleiht er seine Werkzeuge großzügig, hilft, kann, weiß auch fast alles und das auch immer besser als die anderen.

An einem Wochenende steht er mit meinem Vater im Garten. Meine Eltern hatten vor einigen Wochen einen leichten Autounfall. Nun hat unser Trabant eine braune Motorhaube, der Nachbar besieht sich fachkundig das Ausmaß der ausstehenden Lackierarbeiten. Nach kurzer Kalkulationspause folgt sein Angebot: »Motorhaube, Seite grundieren, schleifen – Pfund, lackieren – Fuffi, plus Lack alles zusammen nen Blauen.« Ich stell mich dazu, antworte auf die übliche Frage, was die Schule macht, mit dem üblichen »Geht so«. Wie alt ich denn jetzt sei – vierzehn. Er kommt gleich nochmal wieder, nach kurzer Zeit kommt er wieder zurück, ein altes Moped Marke Spatz neben sich her schiebend. »Kannste haben, hab noch'n paar Teile, kriegste bestimmt wieder flott«.

Mein Vater ist nicht gerade erfreut über den Zuwachs an Sperrmüll, aber in der Situation einer dringend benötigten Dienstleistung machtlos, Mutti sieht sorgenvoll auf mich und dann auf das Vehikel. Ich bin voller Vorfreude und Tatendrang. Meine Oma schreibt es ihrer Schwester, die erzählt es ihrem Sohn und der seinem Schwager. Als die Westberliner das nächste Mal anrücken, bekomme ich tatsächlich einen Helm und eine Lederjacke von einem Schwager. Der hat damit mal einen schweren Motorradunfall gehabt und fährt nun nicht mehr. Respektvoll betrachte ich die viel zu große Jacke und den roten Helm mit den Schrammen an der Seite.

Nach einigen Bastelstunden mit meinem Vorortkumpel ist es an einem Sonntag soweit. Endlos treten wir abwechselnd den Kickstarter durch. Dann passiert es. Der Motor meldet sich mit ohrenbetäubendem Krach, da wir den Auspuff noch nicht wieder angebaut haben. Eine Woche später fährt das Ding. Zum Ausmachen haben wir eine Wäscheleine an den Kerzenstecker gebunden, zieht man dran, geht der Stecker ab und der Motor ist aus. An einem Sonntagmorgen hält mich dann nichts mehr, noch vor fünf stehe ich leise auf, ziehe mich an, Lederjacke, roter Helm, und schiebe das Moped bis zum nahegelegenen Wald. Ich habe mir alles gemerkt, Benzinhahn auf, Choke ziehen, kräftig den Kickstarter durchtreten. Ich trete und trete, und dann springt der Motor an. Vorsichtig beschleunige ich, probiere die Bremsen aus, beschleunige wieder. Dann schneller und immer schneller, begleitet vom jaulenden Geräusch des Motors, spüre ich den Fahrtwind im Gesicht. Es ist ein so tolles Gefühl, unbeschreiblich – einfach fetzig, urst und auch poppig.

16. Geschichte
Erst die Arbeit und dann das Vergnügen

Im Sommer nach der achten Klasse kann man arbeiten gehen - Schülersommer. Wir, mein Freund und ich, melden uns hierzu im Großbetrieb an. In der ersten Ferienwoche empfängt uns der Meister einer Werkhalle. Ich kenne den Mann, er wohnt bei uns im Block. In der Halle stehen überall grüne Maschinen. Die grüne Farbe ist schon mehrfach übergestrichen. Es ist laut, die Luft riecht ölig, über uns fährt ein Kran mit Laufkatze auf zwei Schienen direkt unter der Hallendecke. In unseren Umhängetaschen haben wir unsere blauen Arbeitsanzüge vom PA-Unterricht und alte Turnschuhe. Vom Meister bekommen wir eine Netzmütze und Arbeitshandschuhe. Dann werden wir an einer Eisensägemaschine eingewiesen.

Die Säge trennt lange Eisenstangen in vorgegebene Längen, beim Sägen läuft eine weiße Flüssigkeit über die Stelle, wo getrennt wird. Das ist Bohrmilch, sieht aus wie Trinkvollmilch, stinkt aber jauchig. Manchmal werden wir auch Arbeitern in der Halle zugeteilt, um ihnen zur Hand zu gehen. Ältere Arbeiter sind wortkarg und weisen uns einsilbig an. Jüngere nennen uns Stifte und erzählen uns alle möglichen Geschichten. Zum Beispiel gab es mal eine Kranfahrerin, die war ein geiles Luder und hat es mit einem Gabelstaplerfahrer in der Krankabine getrieben und dabei einen Krampf bekommen. Die beiden kamen nicht mehr auseinander und mussten von der Feuerwehr gerettet werden. Eine erstaunliche Geschichte, wir glauben jedes Wort.

In den Pausen erkunden wir das Werksgelände. Da der Betrieb direkt an der Grenze zu Westberlin liegt, kommt man auch bis dicht an die Grenze. Hinter der Mauer fährt eine S-Bahn, der Motor jault genauso wie der von unseren S-Bahnen, sie sieht auch genau aus wie unsere. Als wir mal kein Eisen zu sägen brauchen, sollen wir die große Wiese, die kurz zuvor gemäht wurde, abharken. Die Wiese ist direkt an den Grenzanlagen, unmittelbar vor der Mauer befinden sich Hundezwinger, in denen Schäferhunde auf und ab laufen. Uns tun die Tiere leid, es muss langweilig sein, zwischen Zaun und Mauer nur herumzulaufen. Als wir die halbe Wiese abgeharkt haben, nähern wir uns vorsichtig den Tieren. In der Erwartung, dass Grenzhunde sehr gefährlich sind, bohren wir vorsichtig einen Stock durch das Maschengitter, aber anstatt zähnefletschenden Gebells schnappt ein Hund fast liebevoll nach der Abwechslung und wedelt sogar mit dem Schwanz. Dann harken wir weiter auf der endlos erscheinenden Grasfläche. Zum Feierabend ruft uns der Meister ins Büro, freundlich, aber mit Nachdruck werden wir über das Verhalten an Grenzanlagen belehrt. Wir nicken brav alles ab, zum Abschluss fügt er ergänzend hinzu, dass auch das Spielen mit den Hunden strengstens verboten ist. Mit dem Wissen, dass wir etwas Verbotenes an der Staatsgrenze der DDR gemacht haben, sind wir im Nachgang auch etwas stolz auf uns.

Zum Ende der Ferienarbeit kommt auch noch jemand von der FDJ-Tageszeitung *Junge Welt* und interviewt uns. Ich berichte, wie interessant die Tätigkeit in einem Großbetrieb ist, dass ich eine Säge bedient habe und mir für das verdiente Geld ein Faltboot kaufen will. Als der Artikel erscheint, sind alle stolz auf mich. Auch ich bin *Junge-Welt*-Leser. Donnerstags lese ich ganz gern die Gerichtsberichte unter der Rubrik »Recht und Gesetz«. Aber eigentlich lese ich so richtig nur mittwochs die Rubrik „Unter vier Augen" von Jutta Resch-Treuwerth. In diesen Beiträgen werden immer Fragen von Jugendlichen und jungen Leuten beantwortet. Die dort schreiben, haben meist schon feste Partner, sind mit 18, 19 verheiratet und haben Kinder. Besonders interessant empfinde ich es, wenn es im Text schon recht direkt um die Sache geht.

Bald sind die zwei Wochen vorbei, wir bekommen viel Geld,

wie wir finden. Das Faltboot ist jedenfalls gesichert. Nach der Ferienarbeit fahre ich erst einmal für eine Woche in den Vorort zu meiner Oma, um mich zu erholen. In der Woche darauf geht's ins Auslandsferienlager nach Polen.

Wir starten sehr früh mit dem Ikarus-Reisebus in Berlin. Ich treffe ein paar alte Bekannte von früheren Kinderferienlageraufenthalten wieder. Wir werfen einen vorsichtigen Blick auf die Mädchen, was bedeutet, gucken, ob »Material« dabei ist. Das Ferienlager ist international, das heißt, es sind auch polnische Kinder und Jugendliche da. Besonders die jüngeren polnischen Kinder interessieren sich für uns. In kleinen Gruppen nähern sie sich auf wenige Meter, rufen »Hitler kaputt!« oder machen sogar den verbotenen Gruß, bevor sie laut johlend weglaufen. Auch mit den älteren Polen kommen wir nicht so richtig in Kontakt. Also bleiben wir mehr oder weniger unter uns, spielen Tischtennis, gehen baden, und bei den Tanzabenden bekommen wir nach einem »Darf ich bitten?« öfter eine Zusage.

Eines Morgens steht ein polnischer Bus auf dem Gelände, er ist für uns, wir fahren nach Warschau. Nach der Stadtrundfahrt haben wir frei. Dreißig Minuten sind wir nun ohne Aufsicht, dürfen frei rumlaufen. An einer Mauer stehen zum Cabriolet umgebaute Stadtrundfahrt-Polski-Fiats, die Fahrer tragen meist Schnauzbärte, Sonnenbrillen und rauchen lässig Zigaretten. Einer hat Musik im Auto an, es laufen gerade die Bay City Rollers mit »Saturday-Night«. Wir gehen zum Kiosk, unsere kleine Gruppe beschließt, eine Schachtel Marlboro zu kaufen, wir legen zusammen und verstecken die Ware sorgsam. Ich kauf mir noch eine Schokolade mit dem Namen Eurocreme, sie sieht aus wie Westschokolade und schmeckt auch fast so.

Das internationale Ferienlager endet mit einer Abschlussdisko, nun haben sich doch noch deutsch-polnische Paare gefunden. Die Polen tanzen gerne im Kreis, dann aber auch zusammen - eng. Zum Ende wird sogar geknutscht, geheult und die Adresse ausgetauscht. Polska steht auf den kleinen Zetteln, die in Hosentaschen, Brustbeuteln und Briefpapiermappen sicher wie ein Schatz verstaut werden.

Aber noch sind acht Wochen Ferien, niemals enden zu scheinende Ferien, lange nicht vorbei. Nach Ferienarbeit, Ferienwoche bei Oma und Ferienlager verreisen nun meine Eltern auch noch mit mir.

Wir fahren an die Ostsee, da waren wir schon öfter. Im Sommer geht alles viel leichter, es ist hell morgens, der Trabantmotor wird auch schneller warm. Ich darf jetzt vorne sitzen, neben meinem Vater. Ich sehe oft auf das Tacho. Außerhalb der Ortschaften fahren wir achtzig. Ab und zu überholt uns ein Lada, manchmal ein Westwagen. Mit den Pausen brauchen wir knapp fünf Stunden für die 250 Kilometer. Hoffentlich sind Wellen, denke ich. Aber erst mal erhalten wir einen Bungalow, beziehen unsere Betten und werden eingewiesen, in welchem Durchgang wir das Abendbrot einnehmen können.

Um halb sieben kommen wir zu einer gelblichen Holzbaracke. An der Eingangstür stehen schon etliche Leute und warten auf Einlass. Viele Familien sind eingespielte Teams. Die Männer belegen mit Jacken die beliebten Plätze am Fenster, derweil die Frauen mit zwei Tellern die besten Stücke vom Buffet erobern. So verschwinden die Broilerkeulen bereits in der ersten Minute, mit dem Blick eines Siegers werden überladene Teller zu den Fenstertischen transportiert. Wir begnügen uns mit dem reichhaltigen Angebot von Teewurstscheiben und aneinanderhaftenden Buttervierecken. Kellnerinnen, gekleidet mit schwarzem Rock und weißer Bluse, legen hin und wieder etwas Brot und Butter nach. Nach zwei Teewurststullen hole ich mir noch eine Schale Quark mit Fruchtgeschmack, dann fühle ich mich auch fast schon satt. Bei den Broilerkeuleneroberern sieht man unter den Knochenbergen halbe Brotscheiben, Buttervierecke und Teewurstscheiben vorgucken.

Wir haben bald unter den rotgesichtigen Fresssäcken die schärfsten Kunden herausgefunden und spielen abends in unserem Bungalow die besten Tischszenen noch mal nach. Auf dem nahen Zeltplatz gibt es ein Kino, es ist ein tonnenförmiges Wellblechgebäude. Damit man noch einen Platz bekommt, muss man früh da sein. Während des Wartens hört man draußen das Rattern der Projektoren von der gerade laufenden Vorstellung. Endlich ist es soweit, um halb acht beginnt die Spätvorstellung. Langsam schiebt sich die Schlange zum Kassenfenster vor. Dann sind wir dran, zwei Erwachsene, ein Schüler sagt meine Mutter. Es gibt für jeden zwei Karten, auf der blauen steht Eintrittskarte, auf der grauen Kulturbeitrag. Am Eingang steht ein dicker Mann mit einer verschlissenen Kapitänsmütze, der reißt die vorgeprägten Ecken von den Karten ab.

Weil wir früh genug da waren, bekommen wir in der vorderen Hälfte der Stuhlreihen einen Platz. Das Kino ist bis auf den letzten Platz besetzt, kein Wunder, es gibt einen englischen Film: »Die tollkühnen Männer in ihren fliegenden Kisten oder wie ich in 25 Stunden und 11 Minuten von London nach Paris flog«. Der Film geht über zwei Stunden und ist so gut, dass man die unbequemen Stühle gar nicht mehr bemerkt.

Als wir rauskommen, ist es dunkel, der Weg vom Zeltplatz ist nur spärlich beleuchtet. Wir gehen am Strand lang, die Wellen sind nicht schlecht, hoffentlich bleiben sie so bis zum nächsten Morgen, dann kann ich mich mit der Luftmatratze voll in die Fluten hauen, aber nur im gekennzeichneten Badebereich.

17. Geschichte
Vorfreude mit sieben Sommersprossen

Ich bin kurz vor dem 30. Juni, dem Einschulungsstichtag, geboren und somit der Jüngste in meiner Klasse. Endlich wachsen ein paar Flaumhaare unter meiner Nase. Aber noch bin ich vierzehn und das für lange Zeit. Wolfgang ist schon fünfzehn und bekommt das ausgediente Moped seines Vaters, eine Schwalbe. Manchmal lässt er mich auch mal fahren. Immerhin kann ich mich schon für den Führerschein anmelden. In den Herbstferien gehen wir in ein Sportfachgeschäft und bestellen das Faltboot. Kolobri 3 heißt die aktuelle Marke der kleineren Ausführung.

Noch vor dem ersehnten fünfzehnten Geburtstag beginnt bei der Betriebsfahrschule des nahen Großbetriebs der Führerscheinkurs. Theorie und Praxis wechseln sich ab. Im Essenraum unserer Schule lösen wir diverse Vorfahrtsregeln und erlernen erst einmal den Paragraphen 1 der Straßenverkehrsordnung – StVO: gegenseitige Rücksichtnahme. Zur Praxis treffen wir uns vorm Werktor und drehen auf dem Parkplatz zwischen einem von rot-weißen Verkehrskegeln abgegrenzten Areal unsere Runden. Das Fahrzeug ist eine tschechische Jawa Mustang mit orangefarbenem Tank. Die Gänge schalten andersherum, die Kupplung kommt spät, und so würgen wir trotz schon vorhandener Fahrroutine das Ding mehrfach ab.

Auch zwei Mädchen sind dabei. Bei der nächsten Praxisstunde versucht eine der beiden vergeblich das Vehikel anzutreten. Der Fahrlehrer schaut in die Runde und fragt, ob denn einer von uns wüsste, warum der Motor nicht anspringe. Ich sehe den geschlossenen Benzinhahn unter dem Tank, zögere noch mit der Antwort, und dann passiert es auch schon. Einer aus der B-Klasse geht lässig nach vorne, öffnet den Hahn, zieht den

Choke und tritt dreimal den Kickstarter kräftig durch. Dann übergibt er dem Mädchen das knatternde Moped. Das wäre fast mein Auftritt gewesen, aber nur fast.

Im Herbst bestehen wir unsere Prüfung, die schon fünfzehn sind, sind können sich ihre »Fleppen« gleich abholen. Ich bekomme eine graue Pappkarte mit der Bezeichnung VK 30. Unter deren Vorlage und dem Erreichen des vollendeten 15. Lebensjahres erhält man im Polizeipräsidium in der Fahrerlaubnisabteilung das ersehnte Dokument. Bis dahin bekommt man die Freizeit auch anders rum, immerhin zählt man jetzt zu den Großen, versucht die Auswirkungen des Stimmbruchs möglichst tief zu halten.

Mit meinen Freunden Torsten, Lutz und Guido verabrede ich mich an einem Novembernachmittag fürs Kino. Neu angelaufen ist »Sieben Sommersprossen«. Das wollen wir nicht verpassen, aber nicht nur wir, viele wollen den Film sehen. Langsam schiebt sich die Schlange voran. An zwei Schaltern teilt sie sich. Hinter einer Glasscheibe mit rundem Sprechfenster werden die Karten bestellt. Unten durch eine kleine halbrunde Öffnung erfolgt die Übergabe. Dann geht's rein ins Kino, möglichst Mitte, vier Plätze nebeneinander. Kinositze sind was Besonderes. Man kann sich auf die klappbare Sitzfläche setzen und dann mit dem Sitzpolster nach unten klappen lassen, wieder und wieder. Der Kinosaal ist nun gefüllt, dann fährt das Licht langsam herunter und der Mehrtongong ertönt. In mitten des auffahrenden Vorhangs erleuchtet ein drehendes Kreisgebilde die Kinoleinwand, der DEFA-Augenzeuge eröffnet die Vorführung. Der Weltraumflug unseres ersten Mannes im All, Kosmonaut Sigmund Jähn, zusammen mit seinem sowjetischen Kameraden Valerie Bykowski präsentiert sich am Fuße des Berliner Fernsehturmes mit einer Ausstellung. Nach dem Augenzeugen geht das Licht wieder an und nach kurzer Zeit ertönt der heiß erwartete Mehrtongong, nun für den Hauptfilm. »Sieben Sommersprossen«.

Der Klang einer Panflöte führt uns in die Welt von Ferienlager, Sportfest und Liebe. Die strenge Lagerleitung und ein verliebtes Paar liefern den Konflikt. Karoline, 14, und Robbi, 15. Robbi besorgt ein Moped »S50« von einem Jungen aus dem Dorf, fährt mit Karoline einfache weg vom Lager, und dann liegen sie im Gras, nackt, und fassen sich an. Wir starren gebannt auf die Leinwand, ja, das ist es. Manche lachen laut in die Dunkelheit des Kinosaales, ich und andere sind still.

Als wir rauskommen, ist es bereits dunkel. Wir sind jetzt besonders lässig, gehen schräg über die Straße und tragen unsere Kutten und Parka natürlich offen. In der Straßenbahn wird nur ein Groschen in die Zahlbox geworfen und dann für alle ein langer Fahrscheinstreifen mit dem Hebel rausgekurbelt. Einige Szenen vom Film werden nachgespielt, im wippenden Straßenbahnwagen, Baureihe Gotha, wird sich gegenseitig angerempelt und die Nacktszene nachgeahmt.

Der Bestand an Mopeds wächst vor unserer Schule. Es gibt Jungs, die ihre Karren aufmotzen. Aber auch Mädchen fahren Moped, für die ist die Bastelei kein Thema. Denn sie sind es selbst, die unsere Blicke magisch anziehen, wenn sie da so stehen mit Lederjacke, ausgewaschener engsitzender Jeans und Integralhelm über den langen blonden Haaren. Ein Integralhelm ist ein wichtiges Ausstattungsmerkmal für den Mopedfahrer. Im Intershop gibt es die Marke »Mac«, ansonsten erfüllen clevere Omas auch mit »Römer« und »Uvex« nach einer Tagesreise in den Westteil der Stadt den sehnlichen Integralhelmwunsch ihrer Enkelkinder. Aber auch Osthelme lassen sich mit etwas Geschick aufpeppen. Heiß begehrt ist ein Schirm von einer Ausgangsmütze der Nationalen Volksarmee. Wer ältere Geschwister hat, die gerade bei der Fahne sind, kommt an so was ran, manchmal beendet auch ein besoffener Armist seinen Ausgang ohne Kopfbedeckung. Der schwarze Schirm wird vorne an den ansonsten langweiligen kugligen Kopfschutz montiert, und der DDR-Helm sieht gar nicht mehr so übel aus.

Kurz vor den Sommerferien ist es soweit, auch ich werde endlich ich fünfzehn. Die graue VK 30 Karte für den Bezug der Fahrerlaubnis habe ich schon am Vorabend auf meinen Schreibtisch gelegt, daneben den Brustbeutel mit Geld, Passbildern und natürlich den Personalausweis. Am Morgen brennt, wie jedes Jahr, der Lichterkranz mit einer dicken Kerze in der Mitte und fünfzehn kleinen, auf Holzringe gesteckten Kerzen. Daneben liegen die Geschenke, ein kurzärmliges Campinghemd, ein Paar Römerlatschen, ein Umschlag mit einem Gutschein, ein aus der Zeitung ausgeschnittenes Moped aufgeklebt, darunter in Muttis sauberer Handschrift mit rotem Filzstift geschrieben – 500 Mark für Dein Moped und wie immer, meine Lieblingsschokolade, die mit den Hühnern vorne drauf.

Ich bin an diesem Tag aufgeregter als sonst, kann den Schulschluss kaum erwarten. Dann endlich ist es soweit, ich renne zur Bushaltestelle und fahre zum Präsidium der Volkspolizei-Führerscheinstelle, meine Fahrerlaubnis abholen. Es dauert, dann kann ich meine graue VK 30 Karte und die Passbilder einer Volkspolizistin durch die Schalteröffnung reichen. »Bitte setzen Sie sich, Sie werden aufgerufen«. Jetzt dauert es noch länger, doch dann halte ich mein Fahrerlaubnisdokument, eine Plastikschutzhülle und eine gelbliche Einlegekarte mit fünf aufgedruckten Stempelfeldern in meinen Händen. Ich fummle die Fahrerlaubnis vorsichtig in die Schutzhülle und schiebe die Stempelkarte hinten in den Umschlag. Auf dem Rückweg beschäftige ich mich intensiv mit dem neuen Dokument. Fünf Stempel für Verstöße, dann wird man die Fahrerlaubnis wieder los, respektvoll schiebe ich die Stempelkarte wieder in den Schutzumschlag – daran wollen wir mal gar nicht denken.

18. Geschichte
Zu Gast im Freundesland

Sommerferien, die letzten vor der 10. Klasse in der Polytechnischen Oberschule. Mein Zeugnis ist wieder besser geworden, ich konnte meine Leistungen deutlich steigern und habe erfolgreich an der Russischolympiade teilgenommen, in Diskussionen liefere ich wohldurchdachte Beiträge, und ich habe ein kameradschaftliches Verhältnis zu meinen Mitschülern – so steht es in meiner Beurteilung. Na also.

Ein aufregender Sommer erwartet mich, im August kann ich endlich mein Moped beim Zweiradhandel abholen und vorher fahren wir nach Bulgarien, »wer weiß, ob du nach der zehnten Klasse noch mit uns verreist«.

Morgens sehr früh ziehen wir los, mein Vater trägt einen alten Koffer, und weil dessen Schlösser die Schließfunktion nicht mehr ganz erfüllen, sichert ein Gürtel das Gepäckstück zusätzlich. Meine Mutter und ich tragen jeweils eine mehr oder weniger unförmige Reisetasche über der Schulter, dazu in der rechten Hand noch einen Stoffbeutel mit Reiseproviant. Wie immer beginnt die Reise mit dem Bus, wir laufen zügig bis zur Haltestelle, nicht dass er uns vor der Nase wegfährt, gerade morgens, wo noch nicht viel los ist, fährt er an den meisten Haltestellen vorbei und kommt dann früher. Wir sind die einzigen im Bus, mein Vater grüßt den Busfahrer, der nickt tonlos zurück und gibt Gas. Meine Augen sind auf die Tachonadel gerichtet, 65 Stundenkilometer erreicht er auf der langen breiten Straße, die parallel an der Mauer zu Westberlin verläuft. Mit der S-Bahn kommen wir zur Fernbahn, dann geht es weiter nach Dresden. Auf einem Nebengleis steht ein langer Zug mit der Aufschrift »Tourex« – Touristenexpress. Bald haben wir die auf unserem Reisescheck ausgewiesene Abteilnummer gefunden. Mit einer anderen Familie, sie haben eine Tochter, etwas jünger als ich, teilen wir uns ein Doppelabteil. Das Abteil besteht auf jeder Seite aus einem ausklappbaren Dreierstockbett, in der Mitte befindet sich eine kleine Waschzelle und für die Nacht eine verschließbare Trennwand. Unsere Väter kommen ins Gespräch, reden erst einmal über das Wetter. Die Mütter wühlen in den Gepäckstücken herum, das Mädchen dreht sich schüchtern weg, greift sich ihr Buch.

Nach einer knappen Stunde geht ein Rucken durch die Waggons, langsam setzt sich der Tourex in Bewegung. Über den Bordfunk werden wir begrüßt, die Lage des Speisewaggons wird bekannt gegeben und die Zeiten der Essendurchgänge. Da wir bereits in Kürze die Staatsgrenze der ČSSR rreichen, wird darauf hingewiesen, dass die Pässe und die Reiseunterlagen bereit zu halten sind. Dann hält der Zug, Grenzer und Zöllner kommen durch die Gänge, verlangen, meist in sächsischem Dialekt, die Pässe, schauen hier und da in die Reiseunterlagen und stempeln laut klackernd in die Dokumente den Grenzübertritt. Wenige Minuten später dasselbe nochmal auf tschechisch, nachdem alle Waggontüren wieder geräuschvoll geschlossen worden sind, zieht Stille ein. Der Zug steht noch eine Weile, dann ruckt er an und nimmt langsam Fahrt auf. Vorbei geht es an graugelben Gebäuden und fremd wirkenden, auf Nebengleisen abgestellten unförmigen Schienenfahrzeugen mit großen Lampen, Richtung Děčín. Ab und zu ein Tunnel, dann entlang am Ufer der Elbe.

Mein Vater orientiert sich in seiner Landkarte, tauscht sich hin und wieder mit dem anderen Mann über Reisedetails aus. Das Mädchen schaut nicht hoch und liest ihr Buch. Die Fahrt dauert, gegen Abend erreichen wir die ungarische Grenze, wieder Kontrolle der Grenzer und Zöllner, Tür auf, Tür zu, Stempel in den Ausweis. Nach unserem Abendbrotdurchgang werden die Betten gebaut, ich schlafe oben, es ist recht warm unter dem gewölbten Waggondach. Nach einigem hin- und herwälzen, schlafe ich irgendwann ein, begleitet von Schienenstößen und manchmal quietschenden Bremsen.

Ich bin froh, als es endlich hell wird und ich mein hohes Lager verlassen kann. An den Fenstern fliegt flache ungarische Landschaft vorbei, es ist die Puszta, mein Vater zeigt mir auf der Landkarte, wo wir sind. Am frühen Nachmittag wieder eine Grenze, das übliche Kontrollprozedere, wir fahren nach Rumänien ein. Dann steht der Zug lange unweit eines Bahnhofs. Dutzende Gleise verlaufen neben dem unsrigen. Wir stehen auf dem Gang und schauen aus dem Fenster auf das öde Land, auf einmal kommen sie wie Ameisen auf uns zu, rumänische Kinder rennen barfuß über den Schotter der Gleise, gemächlich folgen ihnen ihrer Mütter mit Kopftüchern und Babys auf dem Arm. Die Kinder verlangen »Gumma«– Kaugummi, Geld und Essen. Wir kramen alles Mögliche aus unseren Taschen, viele Fahrgäste haben etwas für die bettelnde Kinderschar, alles wird aus den Fenstern in die ausgestreckten Hände geworfen. Die Zugbegleiter laufen aufgeregt durch den Waggon und verriegeln die Türen von innen. Nachdem die Übergabe beendet scheint, zieht die Horde weiter. Einige Kinder wechseln unter unserem Waggon die Gleisseite, ich bin aufgeregt, jeden Augenblick könnte unser Zug anfahren. Aber es dauert, irgendwann rollt der Zug wieder zügig durch das fremde Land, nun ziehen die Karpaten an uns vorbei. Noch einmal die nun schon gewohnte Grenzkontrolle und wir erreichen unser Reisezielland Bulgarien.

Die zweite Nacht im Zug, diesmal schlafe ich in der zweiten Schlafetage, mein Vater hat sich für oben erbarmt. Am folgenden Tag erreichen wir vormittags das Ziel Varna. Mit einem Bus werden wir ins Hotel gebracht, nur wenige Minuten vom Goldstrand »Slatni pjasazi«. Heiß ist der Sand, so heiß, dass man die Füße versucht schnell weg zu bekommen, aber wo man auch hintritt, er ist heiß, sehr heiß.

Wir verbringen die meiste Zeit am Strand, mit der Luftmatratze schwimme ich weit hinaus, einmal leihen wir uns einen Wassertreter. Abends sind Veranstaltungen organisiert. So werden wir beim alten Heiduken in einer Gaststätte empfangen, und wir fahren in die Mühle, ebenfalls eine Gaststätte. Hier sitzt man an urigen Tischen, es gibt rundes Weißbrot, »Pitka«, das isst man mit einer landestypischen Gewürzmischung namens Tschubritza, ein Bergbohnenkraut mit Salz vermischt. Auf den Tischen steht Rotwein in braunen Keramikkaraffen, es gibt Pepsi-Cola. Bald spielt eine Zigeunerkapelle zum Tanz auf, ein besonderer Tanz ist der Kusstanz, hierzu werden Tücher verteilt, und wenn die Musik aufhört, fängt man sich eine Frau ein oder wird umgekehrt eingefangen, und dann gibt es einen Kuss. Ich fange das Mädchen aus unserem Zugdoppelabteil, später ihre Mutter und auch meine Mutter, ja, das ist lustig, Pitka-Brot, Pepsi-Cola und Küssen.

Die Rückfahrt mit dem Tourex beinhaltet Aufenthalte in Bukarest, der Hauptstadt der Sozialistischen Republik Rumänien, und Budapest in der Ungarischen Volksrepublik. Ein Reisebus mit Dolmetscherin fährt uns durch die Städte. Die rumänische U-Bahn interessiert mich, ist aber noch im Bau. Budapest ist schön, es gibt Jaffa-Orangeneis, die Geschäfte wirken wie unsere Intershops, die Straßen sind voller moderner Ikarusbusse, ständig rasen Polizei- und Krankenwagen mit heulenden Sirenen vorüber, und dann sehe ich ein Geschäft für Motorradzubehör. Im Schaufenster liegt er, ein Integralhelm gelb mit braun getöntem Visier. Teuer, aber irgendwie bezahlbar. Ich darf ihn auf jeden Fall erst mal aufprobieren. Er riecht wie ein Westwagen, ist etwas groß, leider ist keine passende Größe verfügbar – Einzelstück. So einen bekomme ich nie wieder, irgendwie passt er doch, finde ich, ja, er passt, man kann ja was dazwischen stecken. Das Geld meiner Eltern reicht gerade so, ich bekomme ihn.

19. Geschichte
Ein ganz neues Freiheitsgefühl

Noch drei Wochen Ferien und noch drei Wochen bis zum bestätigten Auslieferungstermin meines Mokicks - »S 50 B1«. Noch nie habe ich mich so nach dem Ende meiner Ferien gesehnt. Aber drei Wochen sind und bleiben drei Wochen. Mit meinen Eltern war ich nun im Urlaub und möchte mit fünfzehn auch was Eigenes unternehmen. Mit meinem Charles Bronson ähnelndem Vorortkumpel planen wir schnell einen Zelturlaub.

Eine Stunde entfernt hat Tante Dorchen, eine Freundin meiner Oma, einen Bungalow direkt am See. Meine Oma klärt das Nötige mit Tante Dorchen, vielmehr teilt sie ihrer Freundin mit, dass wir kommen. Uns trägt sie auf, keine Dussligkeiten zu machen. Dann werden Luftmatratzen, ein sehr altes Zelt, Schlafsäcke und Campingzubehör auf Charles Bronsons Moped gepackt und festgezurrt. Am Vormittag eines heißen Augusttages erreichen wir die kleine Gemeinde am See. Tante Dorchen zeigt uns das Klo, die Küche und den Komposthaufen, dann steigt die Mitte Siebzigjährige in ihren Trabant. Da sie sehr klein ist, legt sie sich ein Kissen unter den Po, dann knattert sie weg. Wir haben nun das riesige Waldgrundstück für uns, bauen das Zelt auf, vielmehr sagt Charles Bronson, wo es lang geht. Er ist geschickt und recht selbstbewusst, so lasse ich ihm die Rolle des Anführers.

Vor dem Grundstück führt der Weg direkt zu einer kleinen Badebucht, zehn Meter vom Ufer entfernt befindet sich im Wasser ein Drei-Meter-Sprungturm. Mein furchtloser Kumpel hechtet ins Wasser und ist in Nullkommanichts wieder auf dem Turm, springt gleich einen Köpper, beim nächsten Mal klettert er sogar aufs Geländer. Ich springe einen Steher mit schlechter Haltungsnote und merke, dass ich die drei Meter als sehr hoch empfinde. Nach dem Baden öffnen wir uns mit dem Büchsenöffner eine Dose Schmalzfleisch und schneiden uns dazu ein paar Scheiben Brot ab. Man müsse mal abchecken, ob Bräute da sind, meint er. »Unbedingt«, bestätige ich ihm. Mit dem Moped, nur mit Badehose und Nicki bekleidet, fahren wir auf sandigen Wegen vorbei an Bungalows, Betriebsferienheimen bis zum Zeltplatz am See. Tatsächlich sitzen ein paar Mädchen auf einer Bank am Ufer, etwas weiter liegt eine allein auf einer Decke und liest. Für mich undenkbar, die einfach anzuquatschen, doch Bronson geht zielgerichtet hin, hockt sich neben sie und kommt ins Gespräch. Als wir nach einigen Minuten wieder abfahren, hat er eine lose Verabredung für den Abend klargemacht.

Beim Konsum holen wir uns vier Bier und eine Schlagersüßtafel. Im Nachbargarten steht die Tür des Bungalows offen. Ein Mädchen in unserem Alter kommt aus einem Schuppen und geht zum Bungalow. Mein Kumpel sagt nur »Braut« und deutet mit dem Kopf rüber. Ich solle sie doch mal klar machen, die schöne Nachbarin, sonst macht er es, falls er heute Abend einen Korb bekommt. Wir gehen noch mal baden, dann kämmt er sich die nassen Haare nach hinten, setzt seine Sonnenbrille auf, startet seine S50 und wünscht mir beim Losfahren grinsend viel Erfolg.

Ich weiß genau, dass er es mir nicht zutraut, er muss zwar immer über meine trockenen Witze lachen, aber wenn es um Praxis geht, hat er die Nase vorn. Ich laufe unruhig kreuz und quer über das Grundstück, als ich mal wieder recht dicht am Nachbarzaun bin, sehe ich sie im Garten. Ich denke - jetzt oder nie und rufe mit einem Pulsschlag bis in den Hals ein halbblautes »Hallo«. Dann stehen wir tatsächlich am Gartenzaun, und ein anfangs holpriges Gespräch nimmt seinen Lauf. Es ist das Grundstück der Eltern, bis gestern war sie in Neuglobsow am Stechlinsee, jetzt macht sie noch zwei Tage hier Ferien – ach ja, wir noch drei. Sie heißt Kathrin mit h hinter dem t und sie ist wirklich hübsch mit ihren dunkelblonden Locken. Naja, sie lege sich jetzt mal in den Liegestuhl, und dann muss sie noch Karten schreiben an ihre Clique in Berlin. Ja, ich wollte auch grad was lesen, »Werner Holt, Teil 2«, na dann bis später – vielleicht.

Ich hab nun einen total trockenen Hals und beobachte vom Zelt aus, was im Nachbargarten passiert. Nach einer guten halben Stunde bewege ich mich schon selbstsicherer wieder in Richtung Zaun, ob man vielleicht baden gehen wolle, nein, aber ich könne ja rüberkommen, was trinken. Ich steige gleich über den Scherengitterzaun, weil ich das lässiger finde, als außen rum zu laufen. Sie holt rote Brause aus dem Bungalow. Da sitzen wir zusammen am Campingtisch und erzählen uns dies und das, sie hat schöne Augen. Bronson hat wohl keinen Korb bekommen, und so gehen wir dann doch baden, schwimmen weit auf den See raus und gehen am Abend auch noch spazieren. Sie hat ein Faltboot und wenn ich Lust hätte – wie, jetzt? – nein morgen!, ja natürlich, ein zärtlicher Gutenachtkuss und mein ganzer Körper kribbelt wie ein Ameisenhaufen.

Kurze Zeit später nähert sich ein Lichtkegel auf dem Sandweg, ich höre das Moped. »Na siehst du, Alter, geht doch«, sagt er nach meinem Kurzbericht. Wir trinken das zweite Bier, mein Magen dreht sich, wir quatschen noch eine Weile, die andere Braut ist echt süß, nur leider ist sie morgen den letzten Tag da, und endlich schlafen wir.

Am folgenden Morgen hole ich Schrippen aus der Kaufhalle und bringe für Kathrin zwei mit. Vormittags trage ich mit ihr das Faltboot runter zum See, es ist das RZ85, die große Ausführung. Gut, dass ich mich mit Faltbooten auskenne, so sitze ich hinten, bediene das Steuer gekonnt mit den Füßen und paddel mit kräftigen Zügen. Abends gehen wir wieder spazieren, klauen in einem Bauerngarten Mohrrüben, noch nie haben mir sandige Mohrrüben so gut geschmeckt. Beim Weiterlaufen berühre ich rein zufällig ihre Hand, wir fassen uns an, und dann küssen wir uns auf einmal. Ich habe mich verliebt.

Am nächsten Tag fährt ein Wartburg auf das Nachbargrundstück, ich werde den Eltern vorgestellt, ja, man fährt nun doch schon heute zurück, wir tauschen die Adressen, und ich bekomme auch ihre Telefonnummer. Auch mein Kumpel ist seine Urlaubsbekanntschaft los, so hängen wir noch einen Tag rum, am Abend kommt Tante Dorchen mit ihrem Trabant wieder angeknattert. Wir machen mit ihr zusammen Abendbrot, sie hat Räucherfisch mitgebracht. Am nächsten Tag bauen wir das Zelt ab, verladen unser Gepäck wieder und fahren nach Hause. Meine Mutter will alles wissen, und ich erzähle auch fast alles, so bin ich.

Der nächste Tag ist der große Tag, Auslieferungstermin meines Mopeds »S 50 B1«. Ich kann zwar fahren, doch in der Stadt traue ich mich nicht, soll auch nicht. So ist es wieder Bronson, der die Sache in die Hand nimmt. Wir fahren zum Zweiradsalon, mein Vater kommt direkt von seiner Arbeit dazu. Der Übergabeakt gestaltet sich eher nüchtern. Ein Mann in blauem Kittel führt das Fahrzeug kurz vor, nennt es »Mokick«. Dann werden Betriebsanleitung, Fahrzeugschein und Garantieheft übergeben und auf die Durchsichten in einer der Vertragswerkstätten hingewiesen. Für die Bezahlung, die mein Vater vorerst übernimmt, zieht er einen kleinen Scheckheftblock aus der Brusttasche seines Jacketts und füllt mehrere der kleinen grünen Formulare aus, erst in Zahlen und darunter in Worten. Und dann habe ich es, mein Moped. Ich sitze hinten mit meinem etwas zu großen gelben Integralhelm. Mein Charles-Bronson-Kumpel fährt es sicher bis hinter die Stadtgrenze, erst dann wechseln wir. Ich bin aufgeregt und werde erst ruhiger, als ich im Vorort eine Weile mit meinem roten Moped ganz alleine bin.

20. Geschichte
Endspurt aus der Kindheit

Das letzte Schuljahr beginnt wie immer mit dem Appell zum Weltfriedenstag. Jetzt sind wir die Großen. Das Informationsgespräch im Berufsberatungszentrum hat ergeben, dass ich den Beruf des Elektrikers im nahen Großbetrieb erlernen möchte – ohne Abitur, dennoch soll ich meine Leistungen unbedingt steigern. Unser Staat braucht qualifizierte Facharbeiter, außerdem könne man sich später vielfältig weiterbilden.

Die stetige Sorge meiner Mutter hält meinen Aktionsradius der neuen Moped-Freiheit etwas in Grenzen. In den Vorort darf ich fahren, doch Richtung Innenstadt endet er mit Beginn der Straßenbahnschienen. Da wir immer alles abstimmen und ich mich auch meistens daran halte, ist es so. Ich kurve im nahen Wohngebiet herum, besuche meine Schulkumpels oder stehe manchmal mit anderen Maschinenbesitzern vorm Kino. Einmal in der Woche fahre ich nach der Schule mit der S-Bahn in die Innenstadt und treffe mich mit Kathrin. Es läuft immer gleich ab. Wir gehen spazieren, dann bringt sie mich bis zum Bahnhof, auf dem Bahnsteig knutschen wir, und zum Abendbrot bin ich wieder zu Hause. Irgendwie bin ich nicht mehr so aufgeregt wie beim Kennenlernen.

An einem Abend im September lerne ich die Frau meiner Träume kennen, leider in schwarz/weiß und nur im Fernsehen, es ist Brigitte Bardot - »Briejschiet«. Ich bin fasziniert von ihrem Aussehen, dieser Schmollmund und die Stimme, wenn auch synchronisiert, lassen das Gesamtbild zu meiner Traumfrau verschmelzen. Ich verfolge jede ihrer Handlungen gebannt vor dem Fernseher, beneide Alain Delon darum, ihr im Pool so nahe sein zu können.

Solange es noch trocken und warm ist, steige ich nun Sonn-abendmittag nach der Schule nicht mit in den Trabant, sondern mit gelbem Integralhelm und etwas zu großer Lederjacke – die ja schon mal einen West-Motorrad-Unfall erlebt hat – auf meine rote Simson und fahre alleine in den Vorort. Es ist wieder der Vorort-Kumpel, der einen Plan hat, das Benzingeldproblem zu lösen. In einem nahegelegenen Wäldchen fallen gerade die Kie-fern, junge Familien bauen sich Eigenheime in Fertigteil-Bau-weise. Wir ziehen über die Baustellen und fragen, ob sie Hilfe brauchen. Bald stehen wir für fünf Mark die Stunde am Mischer, stapeln Mauersteine oder schippen Zufahrten für Tiefgaragen in den sandigen Waldboden.

Nach vier Stunden tun uns die Knochen weh, aber mit zwanzig Mark in der Tasche erträgt man den Schmerz gerne. Zu Hause wird geduscht, Kaffeestunde in Familie gemacht, und dann trifft man sich schon wieder, einfach nur zum Rumfah-ren.

Auf einer dieser Fahrten durch den Vorort begegnet uns ein Mädchen, offensichtlich mit ihrem Freund an der Seite. Mein Kumpel stoppt, dreht um und spricht sie an. Als ob es die natürlichste Sache der Welt wäre, fragt er sie woher sie komme und ob der Begleiter etwa ihr Bruder sei. Nein, es ist ihr Freund, und den bringt sie gerade zur S-Bahn - man könne ihr ja mal den Vorort zeigen, wenn der Freund dann weg sei. Ich beobachte die ganze Sache mit Sicherheitsabstand, hätte mich das nie getraut, mir ist das Ganze auch ehrlich gesagt äußerst peinlich. Aber das Mädchen lächelt sogar und scheint nicht abgeneigt zu sein, uns kennen zu lernen. Erst dann bemerke ich beim intensiveren Blickkontakt von meiner Abseitsposition, dass sie doch Brigitte Bardot verdammt ähnlich sieht.

Zu Kathrin fahre ich in der kommenden Woche erst einmal nicht, wegen der vielen Hausaufgaben, entschuldige ich mich. Dafür zieht es mich an den Wochenenden nun zu »Briejschiet«.

Wir machen Spaziergänge durch den Wald, ich zeige mich bei den Eltern als netter umgänglicher Junge, es fängt an, romantischer zu werden. Zu Kathrin fahre ich nun gar nicht mehr. Im Kino läuft der Film »Und nächstes Jahr am Balaton«. Es geht um ein gemeinsames Trampen mit einem holländischen Mädchen, das weckt in mir ein grenzenloses Fernweh. Ich träume vom Sommer und vom Verreisen mit dem Mädchen, das Brigitte Bardot so verdammt ähnlich sieht. Doch leider gibt es da wohl auch noch ihren alten Freund, und meine doch so starken Gefühle finden zusehends weniger Erwiderung. Es endet für mich mit Liebeskummer.

Mit dem Frühjahr beginnen dann die Abschlussprüfungen, nun sitzen wir in Klassenräumen hinter Türen mit Schildern: »Nicht stören, Abschlussprüfung«. Mehrere Stunden dauert so eine Prüfung. In Deutsch wähle ich das Thema »Die Abenteuer des Werner Holt«. Ich habe beide Teile gelesen und die schaurigen Szenen aus dem Zweiten Weltkrieg haben mich sehr bedrückt. Die Abschlussprüfungen verlaufen sehr gut für mich und ich beschließe zehn Jahre Polytechnische Oberschule mit dem Prädikat »Sehr Gut«.

Als ich den Vorort erreiche, freut sich meine Oma wie immer, nimmt mich in den Arm und drückt mich. Was ich doch für ein großer Kerl geworden bin und sie nur so eine kleine Furzkruke, aber ich bleibe doch ihr kleener Lausebengel. Der Song »Dreamer« von Supertramp, die Westautos, welche an unserem Trabant vorbeirauschen, wenn wir die Transitstrecke bei Fernfahrten benutzen, letztendlich auch »Nächstes Jahr am Balaton« haben mein Bedürfnis geweckt, irgendwie individueller zu werden und etwas Eigenes darzustellen. Mit dem Song »Take the Long Way Home« von Supertramp wird der erste Wunsch nach einem individuellen Ausstattungsmerkmal geboren und für das Abschlusszeugnis von meiner Oma erfüllt.

Einer kleinen rechteckigen Verpackung entnehme ich eine Bluesmundharmonika, »Hohner-Bluesharp« ist in das verchromte Blechgehäuse eingeprägt und ein »G« für die Tonart. Die Nickelbrille meines Urgroßvaters ist vor kurzem bereits zu neuem Leben erweckt worden, der Optiker konnte glücklicherweise eine geringfügige Weitsichtigkeit bei mir feststellen und hat sie mit passenden Gläsern im alten Brillengestell behoben. Einen Shell-Parka kann ich nicht bekommen, zum Glück bin ich aus meiner braunen Kutte mittlerweile herausgewachsen und trage nun ein besseres Teil in olivgrün, Sommer wie Winter, natürlich immer offen.

In diesen letzten Sommerferien will ich mich ganz besonders meinem Moped widmen. Bis jetzt gleicht es bis auf einen ergänzten zweiten Rückspiegel für die rechte Seite und einem Schaumgummi-Tropfenfänger um die Tanköffnung herum noch sehr dem Auslieferungszustand. Meine Kumpels haben an ihren Maschinen teilweise ganz andere Veränderungen vollzogen. Doch ich bin nun für mein Vorhaben gut vorbereitet. So hat das Weihnachtsfest ein paar Seitengepäckträger hervorgebracht. Ein nahegelegenes Gummiwerk sorgt für diverse Gummiteile, die eigentlich für den Export bestimmt sind, aber von einem Schichtarbeiter und vielfachem Familienvater direkt aus seiner Kellerwohnung vertrieben werden. Für den Rest wird mit Bohrmaschine, Eisensäge und einer Rolle Chromklebeband praktiziert.

Nach einigen Tagen im Keller und dreckigen Händen, die nur mühsam mit Linda-Neutral-Waschpaste abends wieder sauber werden, sind die Seitengepäckträger montiert, Schutzbleche abgesägt, Blinklichtstangen gekürzt und die Exportgummis an Teleskop-Federgabel und Fußrasten verbaut. Für einen dumpferen Klang habe ich das Staurohr der Auspuffanlage aufgestoßen. Den gelben Integralhelm zieren jetzt zwei rote Streifen und ein perlmuttschillernder Honda-Aufkleber.

Auch mein Freund Uwe beginnt seine Ferien bei seiner Oma. Wurden wir einst im Kinderwagen von unseren Omas nebeneinander geschoben und haben auf einem Zwölf-Zoll-Bambi-Fahrrad mit Stützrädern gemeinsam die ersten Fahrversuche gestartet, so treffen wir uns jetzt abends zum Biertrinken. Zwanzig Fußminuten entfernt an der Kanalbrücke ist eine Fernfahrerkneipe. In der Brusttasche meiner Lee-Jeansjacke steckt die Mundharmonika, in der Hosentasche zehn Mark. Ein kleines Bier kosten einundfünfzig Pfennige und ein halber Liter eine Mark zwei. Wir sitzen am Fenster, sehen im Dunkeln die Lichter der vorbeifahrenden Autos auf der Fernverkehrsstraße. Uwe zieht das erste Bier in wenigen Zügen weg, zeigt dem Kellner das leere Glas und zwei Finger, meins ist noch halbvoll, als die beiden Gläser auf den Tisch gestellt werden. So sitzen wir, erzählen uns von dem, was kommt, und was gerade so läuft. Bald beginnt die Lehre, eigentlich hat man keinen Bock, Uwe ist seit einem halben Jahr mit derselben zusammen, könnte auch mal was Neues kommen. Ich denke an Brigitte Bardot und höre ihm zu. Als wir um dreiviertel Elf gehen, sind es dann vier halbe Liter und unsere Klamotten stinken nach Rauch.

Der Weg wird vom Mond erleuchtet. Enthemmt vom Bier ziehe ich die Mundharmonika aus der Tasche und versuche meinen ersten Blues. Als ich nach Hause komme, ist Oma noch auf und sieht fern. Ich lasse mich in den Sessel fallen. »Mann, stinkst du nach ollem Qualm, und einen kleinen Affen haste wohl auch zu sitzen«. Ich nicke im Sessel ein.

Am nächsten Morgen wird ausgeschlafen. Nachmittags muss meine Oma einige Besorgungen machen. »Kannst mich ja mit deinem Moped fahren«. Warum nicht? Und so steigt sie auf den Sozius und wir fahren in die Kreisstadt. Uwe ist wieder nach Berlin gefahren und ich verbringe den Abend mit Oma, sie brät Leber, anschließend röstet sie zwei Schwarzbrotstullen im Bratenfett, dazu gibt es eine Kanne Tee mit selbst gemachtem Holundersirup. Um zwanzig Uhr gibt es einen alten Film mit Heinz Rühmann, »Die drei von der Tankstelle«. Ein Film mit Musik von damals, meine Oma singt mit:

Ein Freund, ein guter Freund, das ist das Schönste, was es gibt auf der Welt. Ein Freund bleibt immer Freund, und wenn die ganze Welt zusammenfällt. Drum sei auch nicht betrübt, wenn dein Schatz dich nicht mehr liebt. Ein Freund, ein guter Freund, das ist der größte Schatz, den's gibt.

Als der Film aus ist, streicht Oma die Tischdecke glatt, schaut dabei ins Leere und sagt nachdenklich »Tja, lang, lang ist's her«. Jetzt würde sie bestimmt gerne von früher erzählen, doch in diesem Augenblick zerteilen eigenwillige schmerzende Töne einer scheinbar verstimmten Elektroorgel den nachdenklichen Moment. »Guten Abend verehrte Zuschauer und Zuschauerinnen...«, es beginnt die Sendung von und mit Karl Eduard von Schnitzler - »Der schwarze Kanal«.

21. Geschichte
Strom fließt den Weg des geringsten Widerstandes

Langsam füllt sich der Klassenraum, ein Mädchen und 29 Jungs haben sich Plätze gesucht. Eine selbstbewusste Lehrerin mittleren Alters begrüßt uns Lehrlinge an der Kommunalen Berufsschule.

In zwei Jahren werden wir zu Elektromonteuren ausgebildet und unseren Facharbeiterabschluss erwerben. Im Wochenwechsel haben wir Theorie und Praxis. Es wird viel Organisatorisches besprochen. In der Pause knüpft man die ersten Kontakte, das einzige Mädchen wollte eigentlich Tankwart werden. Und dafür habe ich die zehnte Klasse mit einem Zensurendurchschnitt von 1,3 abgeschlossen.

Das Wohnungsbauprogamm ist ein wichtiger Schwerpunkt unseres politischen Alltags. Gigantische Betonplattenbauten wachsen aus dem Boden ehemaliger Randbezirke der Hauptstadt, und wir, die Elektromonteure von morgen, werden daran Anteil haben. In einer kleinen Holzbaracke stehen wir mit unserem noch nicht ganz vertrauten Werkzeugsortiment hoch motiviert vor dem Herzstück einer jeden neuen Wohnung im Plattenbau, dem vorzufertigenden Sicherungsverteilerkasten. Meister streifen durch unsere Reihen und entdecken mit strengem Blick jeden Draht, der nicht im rechten Winkel verläuft. Leider sind die Drähte aus Aluminium, mehrfaches Nachkorrigieren endet mit einem Kabelbruch. Schraubenzieher und Zollstock sind nun fachlich korrekt als Schraubendreher und Gliedermaßstab zu bezeichnen. Irgendwann wird, wie wahrscheinlich in jedem Lehrjahr, einem Lehrling der Auftrag erteilt, von der Werkzeugausgabe eine Stromabbiegezange zu holen, so etwas gibt es natürlich nicht. Da lachen dann der Lehrmeister und der ihm beigestellte Lehrfacharbeiter ganz herzlich, und der verarschte Lehrling bekommt einen roten Kopf.

Lehrjahre sind keine Herrenjahre, sagt meine Oma, aber es sei ein guter Beruf, da kann man am Haus auch alles selbst machen und braucht keinen teuren Handwerker bestellen, der einen sowieso immer übers Ohr haut. Im zweiten Lehrjahr werden wir auf unsere Betriebe aufgeteilt. Für mich ist es der nahe Großbetrieb, in dem haben schon der Uropa, Opa und mein Vater gearbeitet. Die Familie ist stolz, dass ich nun diese Tradition fortsetze.

An der Seite eines älteren Facharbeiters schleppen wir große Holzleitern durch das Betriebsgelände, reichen Material zu und dürfen bald auch selbständig die ersten Lichtschaltungen installieren. Vieles an Montagezubehör aus Eisen muss man mühselig mit Säge, Hammer, Feile und Bohrmaschine herstellen. Für den nächsten Morgen will ich noch schnell zwei notwendige Rohrbefestigungsschellen anfertigen und schlage beherzt mit dem Hammer auf ein widerspenstiges Flachbandeisen, da übertönt ein kräftiger löwenähnlicher Ruf meine Tätigkeit. Erwin, der älteste Facharbeiter, zeigt auf die Werkstattuhr, es ist kurz vor dreiviertel vier, erst jetzt bemerke ich, dass ich der einzige bin, der hier noch was macht. Die letzten fünfzehn Minuten wird hier still an der Werkbank, den Feierabend erwartend, gestanden. Gleiche Rituale gibt es auch zur Frühstücks- und zur Mittagspause.

Dieser Brauch wird vom Werkstattmeister geduldet. Privatarbeit dagegen ist nicht erlaubt. Aber auch hier gibt es feste Regeln, manchmal ist der Meister nicht da, dann wird die Produktion sofort auf Privat umgestellt. So entstehen bei einer kleinen Gruppe von Facharbeitern Ölradiatoren, sie wirken äußerlich eher funktional und sehen den gefälligen Leitfabrikaten des westlichen Nachbarlandes nicht ähnlich, sind dafür aber viel leistungsstärker. Auch ich sammele im unteren Fach meiner Werkbank notwendige Materialien für meine erste Eigenproduktion, ein schnittiges Armaturenbrett für mein Moped. Um das fertige Produkt dann aus dem bewachten Betrieb herauszubekommen, muss ich mich mit dem Fahrer des Multicars, der auch außerhalb des Betriebes im Wohngebiet Dienstleistungen erbringt, gut stellen.

Mit der Investition von 8,75 Mark für eine Tüte Moccafix-Kaffee halte ich kurz darauf meine erste Eigenproduktion im Keller des Vorortes zur weiteren Bearbeitung in den Händen. Doch wo bekommt man bloß mattschwarze Farbe her, kann man die vielleicht selbst herstellen, mit Ruß und Lack oder so? Hier hilft letztendlich die Produktionsgruppe für Ölradiatoren mit dem geeigneten Anstrich aus.

Nach einem halben Jahr habe ich die Gewissheit, dass sich der innerbetriebliche Tagesablauf auch in den nächsten zehn Jahren unverändert gestalten wird. Die geräuschfreien, stehend durchgeführten Stillstandszeiten vor Pausen und Feierabend, noch viel schlimmer ist für mich jedoch die Wartephilosophie der jüngeren Facharbeiter. Die zwischen Anfang bis Mitte zwanzig auf die Einberufung zur Armee warten, aber auf das Wunder hoffen, übersehen zu werden. Undenkbar für mich, die nächsten fünf Jahre hier unter Einhaltung minutiöser Zeitrituale mein Berufsleben zu verbringen und zu hoffen, bei der Einberufung übersehen zu werden.

Immerhin wächst in mir langsam der Plan für die Lebensgestaltung. Den ersten Schritt hat meine Oma gemacht, indem sie sich bereits vor einigen Jahren für einen Trabant angemeldet hat, für mich, denn sie hat ja keinen Führerschein. Also könnte ich mit Mitte zwanzig über einen werksneuen Trabant verfügen. Bis dahin will ich natürlich die Armee hinter mich gebracht, studiert und eigentlich eine Frau und zwei Kinder haben.

Die Entwicklung von uns Jugendlichen wird in unserem Staat natürlich nicht dem Zufall überlassen. Seit einiger Zeit sorgt die Mitgliedschaft in der Gesellschaft für Sport und Technik, kurz

GST, für unsere zukünftigen Aufgaben zum Schutze des sozialistischen Vaterlandes. Bei einem mehrtägigen Aufenthalt im GST-Lager lernen wir die Verhaltensweisen bei Kommandos wie »Fliegerangriff von rechts« oder links, bei Atombombenabwurf oder ganz einfach beim durchdringend gebrüllten Kommando »GAAAAAS«. In lockeren Gesprächsrunden zwischen Flieger- und Atomangriffen befragen uns gesellschaftlich engagierte Werktätige, die uns ehrenamtlich ans Waffenhandwerk heranführen, nach unseren Motivationen zum Ehrendienst. »Wollta nich Offizier wern, habta viele Vorteile und könnt mit fuffzich in Rente jehn, ist doch wat, denkt ma drüba nach.«

Aber nicht nur das macht die GST, sie hat auch die Erlangung eines LKW-Führerscheins im Angebot. Im Gegenzug erwartet man dafür natürlich eine gewisse Einsatzbereitschaft. Der ehrenamtliche Werktätige trägt meinen Namen in eine Liste mit dem Vermerk, bereit für einen dreijährigen Wehrdienst.

Dass ich mir aber noch nicht sicher sei, registriert er selbstverständlich, »ick mach'n Fragezeichen dahinter«. Ich kann aber nicht sehen, dass er seine Eintragung noch ergänzt. Bald sitze ich mit rotglühendem Gesicht hinter dem Lenkrad eines GST-Fahrschul-LKW der Marke IFA-W50 und steuere, gerade mal 17-jährig das grüne Ungetüm durch das Zentrum der Hauptstadt. Nach einer Nachtschicht Prüfungsfragenpauken bestehe ich zusammen mit einigen meiner Lehrlingskumpane die Theorie. Bei der Praxis muss ich nach einem Fehlversuch noch einmal vorstellig werden, dann schüttelt der barsche Fahrlehrer meine verschwitzte Hand und brabbelt ein »Glückwunsch, bestanden«.
Am Wochenende nach meinem 18.Geburtstag steuere ich zum ersten Mal den Trabant in den Vorort, nach der Kaffeestunde steigt auch meine Oma mit ein. Besonders erleichtert ist meine Mutter, dass wir abends meinen Auto-Führerschein feiern und nicht den für ein Motorrad.

22. Geschichte
Links-Zwo-Drei-Vier

Im Spätsommer ist Post für mich im Briefkasten, vom Wehr-
kreiskommando wird der Termin für die Musterung mitgeteilt,
auch die strafrechtlichen Konsequenzen bei unbegründetem
Fernbleiben. Ich sitze in einem ölfarben gestrichenen Flur eines
recht alten Gebäudes. Ab Gebäudezugang weisen Schilder mit
dicken schwarzen Pfeilen den Weg zu den Musterungsräumen.
Mehrere Jungs in meinem Alter warten hier. Obwohl ich versucht habe, mich auf dieses Gespräch vorzubereiten, bin ich
sehr aufgeregt, immerhin soll ich in den nächsten Minuten
eine wichtige Entscheidung für mich und mein Leben treffen.
Die mir uniformiert Gegenübersitzenden wollen eine möglichst
hohe Bereitschaft für einen Dienst in ihren Reihen erzielen.

»Drei Jahre, noch diesen Herbst weg, zu den Luftstreit-
kräften«, höre ich mich sagen. Die andere Seite teilt mir ohne
Umschweife mit, dass Luftstreitkräfte dieses Jahr nicht mehr drin
ist, vielleicht im Frühling, aber sie hätten was anderes, ein halbes
Jahr Grundausbildung am einzigen Meer des Landes zum Wie-
dergabemechaniker. Keine Ahnung, was das ist. Kinovorführen,
fotografieren und entwickeln –Propaganda. Und wirklich diesen
Herbst? Ja, das gehe in Ordnung. Ich unterschreibe und bin
draußen. Das war es also, mit 18 weg und mit 21 wieder frei.

Der Wehrdienstausweis liegt schon seit einiger Zeit zu Hause.
Als meine Mutter die Funktion der teilbaren Blechmarke erfährt,
ist sie entsetzt. Im Herbst wird gepackt, die Haare werden kurz
geschnitten und an einem Nieselregen-Morgen geht es mit dem
Zug auf eine endlose Reise. Am späten Nachmittag erreichen
wir unser Ziel – einen historischen Ort, der auch schon in
der deutschen Geschichte bei der organisierten Urlaubsphiloso-
phie eine bedeutende Rolle gespielt hat. Mein Vater hat meine

diesbezüglich mangelhaften Geschichtskenntnisse auf Vordermann gebracht. Das neu erlangte Wissen soll ich aber auf keinen Fall bekannt geben, man weiß ja nie.

Da stehen wir mit unseren Reisetaschen, werden hin und her kommandiert, haben eine lange Liste für die Einkleidung in der Hand. Stück für Stück mehrt sich unser Bestand. In einem großen stabilen tarnfarbenen Tuch, der Zeltbahn, häufen sich nach und nach Sommermütze, Wintermütze, Käppi, Stahlhelm, Unterhosen, graue Strümpfe, Gasmaske, Drei-Farben-Taschenlampe, Kochgeschirr, Trinkflasche, Stiefel, Ausgangsschuhe, brauner Trainingsanzug, Kragenbinden und vieles mehr.

In den nächsten Stunden räumen wir das ganze Zeug unter strenger Aufsicht in einen schmalen, muffig riechenden Schrank, beziehen graue kratzige Decken mit blaukarierter Bettwäsche. Beim abschließenden Stubendurchgang wird des Öfteren unser Werk bemängelt, noch einmal müssen Unterwäsche, Trainingsanzug und Kragenbinden raus aus dem Spind und neu auf Form gebracht werden. Zum Ende geben wir unsere Reisetaschen mit den Zivilsachen ab und fallen völlig zerschlagen in die knarrenden Stahlrohr-Doppelstockbetten.

Der schrille Ton einer Trillerpfeife beendet die viel zu kurze Nacht. In unseren braunen Trainingsanzügen sehen wir uns kurze Zeit später auf einer Betonfläche rennen – eine nicht endende Runde. Erst jetzt wird mir das Ausmaß der alten Blöcke für die geplante Urlaubsmaschinerie bewusst. Die zweite Hälfte der Runde führt rückseitig der Blöcke am Strand entlang. Es ist noch dunkel, als wir durchs Treppenhaus auf unsere Unterkünfte rennen. Nach dem Duschen geht es schon wieder runter auf die Aufstellfläche. Mit überschreiendem »Links, zwo, drei, vier« werden wir zum Frühstück kommandiert. Wir reihen uns in die lange Warteschlange ein, beziehen Butter, Marmelade, Schrippe und bekommen Malzkaffee in unsere braune Plastetasse. Als ich mein erstes Brötchen beschmiert habe, schallt es »Kompanie auf!!! « durch den Saal. Dem vielstimmigen Gemurre wird ein knallhartes »Ruhe! « entgegengesetzt.

Es braucht einige Tage, bis unsere Schränke richtig eingeräumt sind, die Betten korrekt gebaut sind und die Meldungen der Stubenältesten zufriedenstellend erfolgen. Nach zwei Wochen erfüllen wir halbwegs die alltäglichen Anforderungen an uns. Als einmal wieder Unruhe in den Reihen bemängelt wird, müssen wir eine Extrarunde um einen der großen grauen Blöcke absolvieren, auch danach ist der diensthabende Kommandierer nicht zufrieden mit uns. Er könne dieses Spiel wie beim Wettlauf von Hase und Igel mit uns treiben, brüllt er uns nach einem »Stillgestanden!« an. Da meldet sich einer unserer Leidensgenossen, ein Netter mit runder Nickelbrille, und weist exakt militärisch formuliert darauf hin, dass es bei diesem Wettlauf auf den Tod eines der beiden Tiere hinauslaufe. Der bis dahin leicht hysterische Offizier beendet daraufhin die Strafaktion mit unwirschem »Ruhe im Glied – Stillgestanden – Wegtreten«. Ich bin beeindruckt.

Langsam zieht Routine in den militärischen Alltag ein. Ein erstes großes Ereignis steht uns bevor, die Vereidigung. Hierzu wird im Vorfeld viel im Gleichschritt auf der Stelle marschiert, das Revier geputzt, wir müssen abschließend noch frisch frisiert werden. Nachdem unser Schopf im nahen Ostseebad exakt gestutzt wurde, dürfen wir in der Bahnhofs-Mitropa bis zur Rückfahrt mit der Deutschen Reichsbahn noch eine Brause trinken. Viele meiner Kameraden nutzen den kurzen Moment des Unbeobachtet seins, am HO-Tresen ein Fläschchen Hochprozentiges im Inneren des Soldatenrocks sicher zwischenzulagern. Ich habe einen spontanen Geistesblitz und frage die Kellnerin, ob sie meine Braseflasche großzügig mit dem begehrten »Feuerwasser« füllen kann. Mit unschuldigem Blick genieße ich den Teufelstrank im Mitropa-Ambiente. Leicht beschwingt werde ich etwas später Zeuge, wie der vermeintlich sicher verwahrte Trunk meiner Kameraden sein klirrendes Ende nahe des Kasernentors an einer Betonwand findet. Der schlaue Feldwebel hat alles gesehen, nur von meiner Brause hatte er keine Ahnung.

Eine Woche später ist der große Tag da. Beim Gelöbnis schwören wir, den Sozialismus gegen alle Feinde zu verteidigen und unser Leben zur Erringung des Sieges einzusetzen. Die Familien sind gekommen, hier und da werden frisch gelockte Mädchen auf Absatzschuhen von den zukünftigen Schwiegereltern eskortiert. Mir ist es im Vorfeld nicht gelungen, auf feldpostalischem Weg ein vielleicht doch noch etwaiges Interesse bei meiner immer noch angebeteten Bardot-Doppelgängerin zu bewirken. So kommen bei mir die Eltern und meine Oma. Endlich haben wir Ausgang. Die Wirkung von drei mitgebrachten Berliner Pilsner, gepaart mit frischer Meeresluft, wird auf Schwarzweißfotos festgehalten. Um 22 Uhr müssen wir wieder einrücken, der Exkurs in die Freiheit hat ein viel zu schnelles Ende.

Die Essensvorräte auf den Stuben sind ein Zeugnis von Lebensmitteln, die unsere Republik von Konsum bis Delikat zu bieten hat. Mit Selbstgeschlachtetem ergänzen unsere Kumpane aus den landwirtschaftlichen Regionen das Ganze. Ganz Clevere haben sogar einen Kuchen mit eingebackener Schnapsflasche in den Sicherheitstrakt eingeschleust bekommen. An einem dieser Herbsttage rücken wir tagsüber geschlossen in den Fernsehraum ein, nehmen auf knarrenden Holzstühlen Platz. Nach wenigen Minuten beginnt eine Sondersendung des DDR-Fernsehens, die Beisetzung des Sowjetischen Staatsoberhauptes Leonid I. Breschnew. Später sieht man sogar den im Kreml aufgebahrten Führer des Bruderlandes, einen echten Toten, im Staßfurt-Fernseher der Kompanie.

Die Tage der Ausbildung lenken ab vom Eingesperrtsein. An den Wochenenden haben wir oft unendlich lange Freizeit. Wilde

Geschichten kursieren von einem U-Boot-Hafen und einem U-Bahn-Tunnel, der fünf Geschosse unter den Blöcken bis zur ehemaligen Abschussbasis einer geplanten Wunderwaffe führen soll. Aluminiumbesteck wird zu Vierkantwerkzeug umfunktioniert. Unbemerkt gelangen wir in die Keller. Tatsächlich führt eine Treppe vom ersten Keller weiter nach unten, allerdings steht diese Treppe nach fünf Stufen unter Wasser, unsere Expedition endet ergebnislos.

Manchmal haben wir Küchendienst. Dann stecken wir uns die Hosentaschen mit allem Essbaren voll und ziehen in unserer Freizeit mit Kochgeschirr in die Binsenwiesen zwischen Kriegsruinen und Gebäuden, die nie fertiggestellt wurden. Wir braten unsere Beute, wenn uns langweilig ist, zünden wir auch mal das Binsengras an und warten, wer zuerst die Nerven verliert. Gemeinsam treten wir dann den entfachten Flächenbrand wieder aus.

Nach einem halben Jahr können wir Fotos in der Dunkelkammer entwickeln und Kinofilme auf Zeit in den Projektor einlegen. Dem halben Jahr erfolgreicher Ausbildungszeit folgen Beförderung und die Versetzung.

Ein eingezäuntes überschaubares Areal, nahe der Hauptstadt, empfängt mich. Altgediente Männer, die schon gut fünfundzwanzig sind, verkehren offensichtlich freundschaftlich mit Vorgesetzten. Der Trabant brettert hier in dunkelgrüner Ausführung, Stoffverdeck und kastenförmigem Heck mit der Bezeichnung Trabant-Kübel über die Betonplattenpisten. So einen hätte ich gerne.

Nach einigen Wochen bin ich im Bilde, was hier so läuft und wie es läuft, ein zukünftiger Unterstufenlehrer hat mir alles erklärt. Er ist EK, was Entlassungskandidat heißt und bedeutet, dass er es bald geschafft hat. Ein Bandmaß in der Hosentasche zeigt, wie viele Tage er noch aushalten muss. Ich werde dann seine Gruppe übernehmen. Zu dem Erbe was ich antreten werde, zählen neben dem Erlernen der Kunst des Flugblattverschießens ein eigener Unterrichtsraum, ein Schnittmodell der Flugblattrakete, Richtkreis, Schultaschenrechner-SR1 und ein LKW. Das ist viel. Zwei Kanoniere und ein LKW-Fahrer sind mir unterstellt. Irgendwie habe ich das Gefühl, einen kleinen Handwerksbetrieb zu übernehmen.

Um die Flugblätter richtig zu verschießen, muss man den eigenen Standort mit Hilfe von geodätischen Festpunkten korrekt einmessen und die Drift des Windes berechnen. Dann stellt man die Einsfünfzigrakete ein, schließt Drähte an, kurbelt, drückt aus sicherer Ferne einen Knopf, und rums geht das Geschoss auf die Reise, detoniert am Himmel und viele vorher mühsam zusammengerollte Flugblätter schweben vom Himmel. Früher standen wohl richtig scharfe Texte auf den Flugblättern von hinterhältigen imperialistischen Überfällen, doch das führte dann bei den unberechenbaren Ankunftsorten in der Bevölkerung zu Verunsicherungen. Deshalb tragen unserer Flugblätter nur noch bunte Kreise und Dreiecke.

Eigene Ideen werden hier honoriert, ein selbst entwickeltes Berechnungsschema wird mir mit einem Tag Sonderurlaub belohnt. Ich habe da noch viel mehr Ideen, besonders die Freizeit betreffend, denn diese gestaltet sich auf Dauer vor dem Schwarzweißfernseher im Klubraum der Kompanie recht eintönig. Ich gründe einen Filmklub und darf abends die Kinomaschine mit aufs Zimmer nehmen. Dicht umringt von Soldaten, rattern nun Filme über ein gespanntes Bettlaken. Bei Nacktszenen wird gejohlt und »Los, noch mal gebrüllt«. Je nachdem, wie die Darstellerin zu sehen ist, wird der Film bewertet. »Voll frontal« erhält die höchsten Noten, gefolgt vom »Seitenbär«.

Auch das mir nicht vergönnte Abitur ließe sich an der zivilen Volkshochschule der Garnisonsstadt gut nachholen. Doch da habe ich die Ideale meiner Vorgesetzten überschätzt, denn diese enden am Stacheldrahtzaun und sehen keinen Sinn solcher Exkurse in zivile Bildungseinrichtungen. Es ist der zukünftige Unterstufenlehrer, der auf einer FDJ-Versammlung die richtigen Worte findet. Er äußert sein Unverständnis, junge Menschen, die ihre Freizeit zur Bildung im Sinne der sozialistischen Volkswirtschaft nutzen wollen, sollte man doch Türen und auch »Kasernen-Tore« öffnen. Es hat ihn, wie er mir im Nachgang verrät, Mühe gekostet, dabei ernst zu bleiben. Beim direkten Vorgesetzten erzielen diese Worte jedoch ihre Wirkung. Ab Herbst darf ich jeden Abend die Kaserne verlassen und beginne nun mein Abitur an der zivilen Volkshochschule im Abendkurs abzulegen. Alles ohne Angabe des Grundes, denn der direkte Vorgesetzte meldet die freizügig getroffene Entscheidung lieber nicht nach oben weiter.

Von einem jungen Offizier kaufe ich etwas später einen sehr alten Trabant und erlange somit ein hohes Maß an Unabhängigkeit. Im Kofferraum des alten Gefährts deponiere ich eine Kollektion an Zivilkleidung und kann nun am Unterricht als ganz normaler Mensch teilnehmen. Das ist wichtig, schon weil ich die Schulbank mit Svetlana teile. Sie ist die Tochter unserer russischen Russischlehrerin, hübsch und für allen Unfug offen.

Es ist verboten, während der Ausgangszeit den Standort zu verlassen. Die Hauptstadt, auch das Wochenenddomizil im Vorort gehören so gar nicht zum Standort. Schon bald steige ich jedoch routiniert in meinen alten Zweitaktkameraden, ziehe mich noch im Standort um und verbringe meine Ausgangszeit ab und zu im vertrauten Zuhause. Auch die Hauptstadt bietet einiges an Möglichkeiten. Nach erfolglosen Diskobesuchen wecken die Diskobesucher viel mehr mein geschäftliches Interesse, denn die wollen nachts nach Hause. Weil jedoch der staatliche Taxibetrieb hier seine Engpässe hat, Nachtbusse nur in großen

Abständen fahren oder oft auch ausfallen, bedient sich der Bürger seit einiger Zeit der individuellen Angebote von Schwarztaxis. Das funktioniert recht einfach, man fährt durchs Stadtzentrum, und vor den unterschiedlichen Veranstaltungsorten des nächtlichen Kulturlebens finden sich schnell potenzielle Kunden. Je nach Alkoholspiegel der Fahrgäste erfährt man die eine oder andere Lebensgeschichte und wird auf unbekannten Wegen an ein meist vorher nie gekanntes Ziel geleitet. Mit zwanzig Mark in der Tasche irrt man danach, seinem Orientierungssinn blind vertrauend, in Richtung Stadtzentrum, manchmal gelingt auch noch eine zweite Fahrt.

Nicht ganz so glänzend wie an der polytechnischen Einrichtung schließe ich mein Abitur nach zweijähriger Abendschulzeit dennoch ganz befriedigend ab.

Eine kurzlebige Folge der beiden sowjetischen Staatsoberhäupter Juri Andropow und seines Nachfolgers Konstantin Tschernenko - von dem gesagt wird, er trage die Batterien seines Herzschrittmachers unter den breiten Schultern -, endet im Mai 1985 mit der Amtsübernahme von Michail Gorbatschow. Auffällig ist der große braune Fleck auf seiner Halbglatze, aber auch ansonsten unterscheidet sich das Erscheinungsbild dieses jung wirkenden Mannes gänzlich von seinen Vorgängern.

23. Geschichte
Eine Reise ins Glück

Ich bin nunmehr Halter des gerade mal vier Jahre alten papyrusweißen Trabant 601 S meiner Eltern. Ein fast neuer Wagen einer abtrünnigen Marke für meine Eltern und meine Vertragseinhaltung, keinen Motorrad-Führerschein abzulegen, haben zu diesem Besitztum geführt. Der Unterschied zum Vorgängermodell ist deutlich zu spüren, der Neue bremst mit vier und nicht mit drei Rädern, der Motor ist viel leiser, er riecht im Innenraum nach Auto und nicht nach feuchtem Keller. Am Armaturenbrett klemmt mein Walkman, den meine Oma mir zum bestandenen Abitur auf gezielte Bestellung geschenkt hat. Ein selbst gebauter Verstärker mit Lautsprecher im Sperrholzgehäuse bringt den nötigen Klang ins Wageninnere.

An einem Sommertag bin ich verabredet mit Svetlana. Dass sie einen festen Freund hat, weiß ich seit einiger Zeit. Aber die Aussicht, mit ihr einen ganzen Tag zu verbringen, lässt diese alles entscheidende Konstellationsfrage in den Hintergrund treten. So starte ich um zehn Uhr vom Kasernenvorplatz meine Reise ins Glück, ziehe mir, wie gewohnt, im geschützten Bereich einer Straßenbahnwendeschleife meine zivilen Sachen an und klingele fünf Minuten später an der Wohnungstür von Svetlana. Wir müssen noch bei der Wohnung ihres Freundes vorbei, was holen. »Kein Problem«, überspiele ich lässig. Im Zentrum der Hauptstadt betrete ich etwas unsicher eine Altbauwohnung. Da sitzt er, der Freund, auf dem Boden eines Zimmers, das rot angestrichene Wände hat und nur mit einer riesigen Matratze ausgelegt ist. Er ist Musiker und nicht mal ein unbekannter, komponiert offensichtlich gerade ein neues Lied. Sie küssen sich kurz, tauschen irgendetwas aus, was weiß ich, dann sind wir im bohnergewachsten Treppenhaus, und schon geht's weiter ins Vorortparadies. Am Fernsehturm spielen die Radiosender im Walkman verrückt, alle senden durcheinander, aber dann hält sich der Rias konstant.

Meine Oma ist wie jedes Jahr für zwei Wochen auf ihrer Insel – Hiddensee. Draußen ist es grün, warm und zwitschert, wir haben Haus und Garten für uns alleine. Ich schleppe Faltboot und Außenbordmotor zum Fluss, bald dröhnt der Tümmler über die Wasserfläche und schiebt uns zügig voran. Ich zeige Svetlana den See und schalte dummerweise an der alten Schleuse den Motor ab. Das mag der betriebswarme Motor gar nicht. Nach 20 erfolglosen Anreißversuchen prüfe ich den Wasserfilter, wechsle die Zündkerze aus, dann endlich dröhnt das vertraute Geräusch wieder in den Ohren. Im Garten baue ich schnell den Holzkohlegrill auf, beschleunige mit Hilfe eines Föns die nötige Glut und grille uns zwei Bratwürste. Svetlana hat eigentlich keinen Hunger und isst höflich eine halbe Wurst. Ich stehe vor ihr, geschafft von der Bootsfahrt mit Motorbasteln, Grillen, und mache ihr eine Liebeserklärung. »Ach, Towarisch«, sagt sie liebevoll zu mir, gibt mir einen weichen und warmen Kuss – lass uns fahren, ich wollte schon längst in der Stadt sein.

Für mich brechen nun endlich die letzten Monate des Ehrendienstes an. Mein formeller Umzug in das vorstädtische Wochenenddomizil bringt dazu noch ein paar Tage Sonderurlaub. Für die letzten hundert Tage habe ich auch ein Bandmaß. Jeden Tag schneide ich einen Zentimeter ab. Die gesammelten Schnipsel klebe ich bei den regelmäßigen Überschreitungen des Ausgangsbereiches zu Hause mit Duosan-Rapid-Universalkleber auf eine Flasche Rotkäppchen-Sekt.

24. Geschichte
Vom Regen in die Traufe

Mir bleiben nur drei Tage für die entspannte Eingewöhnung ins Zivilleben. Ich wohne nun offiziell im Vorortdomizil, muss ich auch, weil sich die Ingenieurschule nur zwei Ortschaften weiter befindet. Bedingt durch den Armeedienst bin ich Späteinsteiger und muss zwei Monate nachholen. Eine lange Bücherliste von Lenin über Physik bis zur Maschinenkunde ist umzusetzen. Die täglichen Herausforderungen heißen Kurztestate. Kolloquium und abendfüllende Hausaufgaben. Für die später Hinzugekommenen gibt es vier Wochen Schonfrist.

Die meisten meiner Kommilitonen leben auf dem Gelände der Fachschule in einer Baracke. Ich sitze oft bei meinem neuen Banknachbarn Klaus auf der Fünf-Mann-Bude und versuche die Hausaufgaben wenigstens zu lösen, wenn ich sie schon nicht verstehe. Zum ersten Mal in meinem Leben bekomme ich Kontakt zu einem Personalcomputer. Bis hierhin beschränkte sich mein Fachwissen auf die zentralpolitischen Schlagwörter »CAD-CAM« und »Mikrochip«. Gerätetechnisch bin ich mit einem wissenschaftlichen Solar-Taschenrechner ausgestattet, dessen Funktionsvielfalt sich mir nur teilweise erschließt. Nun sitze ich mit vier meiner neuen Mitstreiter vor der grün blinkenden Bildröhre eines KC85-2 - Personalcomputers. Unsere Aufgabe ist es, einen Stern auf dem Bildschirm im Rechteck wandern zu lassen. Erst muss ein Programmablaufplan geschrieben werden, dann geht es ans Programmieren. Ich verstehe ehrlich gesagt kein Wort. Aber wie immer gibt es einen, der schnell weiß, was zu tun ist. »Ist doch total easy«, meint dieser Kommilitone mit blassem kindlichen Gesicht. Es dauert noch lange, bis auch bei mir, wenn ich im Programmablauf die Taste 1 drücke eine große Eins, bestehend aus vielen Sternen, auf dem Bildschirm erscheint.

Oft steige ich erst spät abends nach unendlich langen Hausaufgabenrunden in meinen treuen Trabantkumpel ein. Ich erreiche das Vorortdomizil meist mit dem Gefühl, nur die Hälfte verstanden zu haben. Meine Oma blickt bei meiner Ankunft sorgenvoll vom Fernseher auf, »Junge, so spät, habe mir schon solche Sorgen gemacht«. Dann verschwindet sie in der Küche, macht mir eine Stulle, »willste noch Quark, ich koch dir nen Tee«. Ich bewohne nun das große Wohnzimmer, dort steht meine Schlafcouch. Einige Möbel aus dem hauptstädtischen Kinderzimmer sind jetzt auch hier. In meiner Freizeit habe ich schon einige Einrichtungsideen zu Papier gebracht. Ich will mir unter Verwendung alter Möbelteile selber eine Schrankwand bauen. Ich brauche Platz für Schallplattenspieler, Radiorekorder und die selbst gebauten Lautsprecherboxen. Auch eine Bildtapete könnte ich mir vorstellen, vielleicht was mit Palmen und Sonnenuntergang.

Dass ich nun Ingenieur werde, macht meine Oma stolz, sie erzählt mir oft von Ingenieuren aus ihrem Arbeitsleben, was das alles für kluge Köpfe waren. Wenn ich rumjammere, es vielleicht gar nicht zu schaffen, sagt sie barsch zu mir »Musst dich auf deinen Arsch setzten und pauken«. Jeden Morgen steht sie vor mir auf, wenn ich dann in die Küche komme, erwarten mich oft ein Spiegelei auf Toastbrot, warme aufgebackene Konsumschrippen, manchmal brutzelt auch ein Stück Leber in der Pfanne. Ich brauche ja Kraft. Ich bilde mir ein, langsam das Problem mit den Hausaufgaben in den Griff zu bekommen, jedenfalls mache ich weniger.

Zum Weihnachtsfest muss ich mein großes Wohnzimmer für die alljährliche Tradition freigeben. Dafür werde ich großzügig belohnt. Mehrere gleich große Kartons tragen meinen Namen. Es sind Styropor-Struktur-Deckenplatten für die bis dahin nur weiß gekalkte und auch schon etwas rissige Decke meines Zimmers. Schon am darauffolgenden Feiertag beginnen wir mit der

Verarbeitung der Platten. Die Verlegung ist nicht unkompliziert, denn die Menge ist genau berechnet. Hinzu kommt, dass das Zimmer nicht ganz rechtwinklig ist.

Die schon bei der Armee begonnenen Hausumbauskizzen zeigen die Einflüsse meiner architektonischen Vorstellungen. Ganz besonders haben es mir die tschechischen Berghäuser modernerer Bauart angetan. Hinzu kommt das Studium der umherliegenden Kataloge bei unseren Vermietern im Wintersportort. Seit einigen Jahren haben wir unser Ferienzimmer im Haus eines Trainers der Skispringer, und der bringt von seinen Reisen aus dem nichtsozialistischen Ausland umfangreiches Werbe- und Bildmaterial mit. So hat sich auch die eine oder andere Hausfassade aus der Berchtesgadener Region bei mir festgesetzt. Ich zeichne immer wieder neue Varianten der Umwandlung des Vororthäuschens in ein stattliches Gebäude mit deutlichen Merkmalen tschechischer und bayrischer Baukunst. Meine Oma ist von diesen Plänen nicht besonders beunruhigt, schließlich hat sie mit ihrem Mann ein Leben lang am Haus an- und umgebaut.

In kühnen Terminplänen erschließe ich ihr die Kürze meines Bauvorhabens, in wenigen Wochen ist alles vergessen, altes Dach runter, neue Wände, neues Dach rauf, verputzen und fertig. Voller Optimismus gehe ich mit meinen Skizzen zu einem Architekten. In den nächsten Wochen lerne ich mein Bauvorhaben unter ganz neuen Aspekten kennen, auch die Aufgabe eines Statikers wird mir bewusst. Zu meinem Geburtstag bekomme ich dann auch noch das Buch »Eigenheim selbst gebaut« und gehe nun mit völlig neuen Ansätzen an die Sache ran.

Überrascht bin ich, als mich wenige Wochen später in einem großen grauen Umschlag mein fertiges Bauprojekt erreicht. Ich solle es prüfen, dann würde er es bei der zuständigen Behörde einreichen. Das Geld, wir hatten einst darüber gesprochen, solle ich ihm bei Gelegenheit vorbeibringen. Ein wahrer Meister, er hat meinen Skizzen alles Notwendige entnommen, Raumhöhen und Türbreiten auf realistische Maße gebracht. Es folgen Formalitäten, dann die behördlichen grünen Stempel mit dem Freigabevermerk, ein Sparkassenkredit mit einem Prozent Zinsen und die Auflage, einen Bauberater einzubinden. Der Bauberater empfängt mich mit dampfender Pfeife im Mundwinkel. Mit strengem Blick besieht er sich mein Projekt, schüttelt mehrmals den Kopf. Nach einer längeren Pause erläutert er mir seine Prämissen. Hier fehlt eindeutig die Wärmedämmung. Die Fundamente müssten noch mal geprüft werden, eventuell das ganze Gebäude bautechnisch abgefangen. Dann gibt er mir kühl das Bauprojekt zurück, ich solle drüber nachdenken und mich melden. Ich melde mich und sage ihm ab.

Der nächste Bauberater empfängt mich in einer zum Büro umgebauten Garage, in der er offensichtlich auch wohnt. Er blickt nur kurz über die Unterlagen, nennt mir seinen Stundensatz und sagt, dass das alles schon in Ordnung ginge.

Ich überdenke mein ganzes Konzept und setzte Prioritäten. Auf Platz eins kommt eine Zentralheizung, danach folgt die Fäkaliengrube – eine, die ihren Inhalt auch hält – und eine Garage für meinen papyrusweißen Freund. Unter dem Aspekt, dass die Wände des Vorortdomizils hier und da erheblich aus dem Lot ragen, denke ich sogar über eine alles begradigende Wärmedämmung nach. Vorsorglich wird der Trabant mit einer Hängerkupplung ausgestattet.

Ich lerne, dass es für alle den Bau betreffenden Materialien Wartezeiten gibt, man manchmal schnell zugreifen muss und staatliche Zuteilungsvorschriften auch umgangen werden können. Da keiner unserer alten Schornsteine den Anforderungen einer modernen Zentralheizung genügt, wurde ein außenliegender geplant. Um diesen in Klinkerbauweise auszuführen, bedarf es eines Mehrfachen der Zuteilungsmenge. Jetzt kommt mein Studentenkollektiv zum Einsatz, mehrere Kommilitonen beantragen die genehmigte Anzahl, der Bezirksschornsteinfegermeister unterschreibt für eine Flasche Goldi den Stapel Zettel. Als ich die Zettel einer missmutigen Bearbeiterin des Baustoffhandels übergebe, entdecke ich ein Garagenschwingtor. Ich erfahre, dass es das letzte sei, überlege nicht lange, ziehe mein grünes Scheckheft und erwerbe das Tor sofort. Zwei Stunden später bin ich wieder auf dem Hof und mit Hilfe eines freundlichen Mitarbeiters hieven wir das Tor auf den Trabantdachgepäckträger. Mit seinen 2,50 Metern ragt das Tor erheblich über die Fahrzeugbreite. Der Mitarbeiter hegt gewisse Zweifel. Da es langsam schummerig wird, zurre ich die Seile fest und starte. Fahrzeuge, die mir entgegenkommen, weichen offensichtlich erschrocken aus. Ich muss auf die anderen Verkehrsteilnehmer wie ein Kampfflugzeug auf der Landebahn wirken. Alles geht gut, zum Abendbrot steht das begehrte Schwingtor an der Hauswand, die Klinkersteine sollen in sechs Wochen kommen.

25. Geschichte
Es gibt nichts Gutes, außer man tut es

Sich mal wieder etwas nebenbei verdienen kann nicht schaden. Unweit meines Vorortdomizils befindet sich ein Badesee. Einst eine Kiesgrube, ist er heute ein Freizeitparadies direkt an der Autobahn mit Textil- und FKK-Strand. Zwischen den beiden Strandbereichen befindet sich die HO-Gaststätte.

Neben dem im Sommer schwer belagertem Softeisstand bietet diese Gastronomie ein attraktives Speisenangebot. Besonders die Hauptgerichte Steak au four, Steak Champi und Steak Letscho, wahlweise mit Pommes oder Kartoffelbällchen, zählen zur begehrten Speisenauswahl. Ich komme nicht zum Essen hierher, sondern erkundige mich beim Gaststättenleiter nach einem Studentenjob. Sonntags könnte er ab sofort für den Abend einen Abwäscher gebrauchen. Ich werde an einem Industriegeschirrspüler eingewiesen, beseitige vorher die Essensreste von den Tellern und schiebe reichlich gefüllte Drahtgitterkörbe durch die Anlage. Ich bin die Pauschalkraft, erhalte nach jeder Schicht mein Geld direkt in die Hand. Von den Köchen werde ich in meiner Pause mit allem, was die Küche bietet, versorgt. Es herrscht ein angenehmes Arbeitsklima, wenn die Gaststätte schließt, gibt es manchmal noch eine Kartoffelbällchenschlacht, bevor die Küche ausgespritzt wird.

Für das Frühjahr plane ich mit meinem Kumpel einen Kurztrip in die Hauptstadt des Nachbarlandes. Die Reise lässt sich sehr angenehm gestalten. Man steigt abends in den Zug, versucht im Sitzen seinen Schlaf zu finden und kommt morgens im Goldenen Prag an. Natürlich haben wir uns gut vorbereitet. In einem Stadtplan sind alle wichtigen Sehenswürdigkeiten eingekreist. Unser Quartier haben wir auf einem Zeltplatz am Rande der Stadt. Ein kleines Bergzelt, Isomatten und Schlafsäcke klemmen an unseren Rucksäcken.

Unser Frühstück, zwei Hörnchen und eine Cola, nehmen wir direkt am Altstädter Rathaus. Kurz vor jeder vollen Stunde sammelt sich eine Menschenmenge vor dem Rathausturm und dann zur vollen Stunde öffnen sich zwei Holztürchen und die zwölf Apostel wandern, begleitet von klangvollem Glockenspiel, aus dem Türchen heraus. Hier trifft sich die Welt. Über beeindruckend lange Rolltreppen gelangen wir in die Tiefe des U-Bahn-netzes und erobern die Stadt. Schon bald waren wir an den Gräbern von Smetana und Dvořák und haben die Moldau auf der Karlsbrücke überquert. Auch den jüdischen Friedhof haben wir besucht und in einer Fotodokumentation einiges über die Zeit der deutschen Besatzung erfahren. Bedrückt verlassen wir diesen stillen Ort.

Bald schmerzen uns die Beine vom Herumlaufen und die nächste Tatra-Straßenbahn bringt uns zum »U-Kalicha«. Das ist der Kelch, genau in diesem wollte sich der brave Soldat Schwejk aus Haseks Roman nach dem Krieg ab sechs treffen. Haben wir alles vorher gelesen, aber jetzt lesen wir die Speisekarte, entscheiden uns für böhmisches Bier und mährische Spatzen. Letztere zeigen sich als eine gehörige Menge kleiner Schweinefleischteile. Also keine zwitschernden Spatzen, aber Geräusche machen sie später dennoch, abends im kleinen Bergzelt, als die Verdauung ihr Werk beginnt.

Auch am nächsten Tag pilgern wir durch die Metropole. Mit unserem durch die Umtauschsatzregelung begrenzten Taschengeld gehen wir sparsam um, so bleibt für den Abend genug übrig, um im berühmten »U-Fleku« das noch berühmtere Schwarzbier auszuprobieren.

Das erste Studienjahr beende ich mittelmäßig. Es wird erwartet, dass wir in unseren unendlich langen Semesterferien auch die Produktion unterstützen. Eine Woche später trifft sich ein Teil unserer Seminargruppe am Fließband der Glühlampenproduktion wieder. Mit einer Presse drücke ich Klebekitt in das Schraubgewinde für die Leuchtmittel, acht Stunden lang. In den nächsten Tagen sollen jedoch im Vorort die Steine für die geplante Fäkaliengrube geliefert werden. Man solle sich an diesem Tag zum Abstapeln bereit halten, wurde mir gesagt, sonst wird gekippt und dabei gehe dann einiges mit Sicherheit zu Bruch. Eine Freistellung im zweiwöchigen Produktionseinsatz ist undenkbar. Ich frage lieber gar nicht erst nach und begebe mich am Vortag der Baustofflieferung zu meiner Allgemeinmedizinerin. Doch leider ist die mir bekannte Ärztin krank, es empfängt mich eine vertretende junge Arztpraktikantin. »Durchfall«, sage ich etwas stockend, sie hört meinen Bauch ab, drückt an einigen Stellen. Am liebsten würde ich der hübschen sympathischen Frau sagen, dass ich Steine bekomme, aber da füllt sie auch schon meinen Krankenschein aus und wünscht mir gute Besserung.

Zwei Tage später lagert ein riesiger Stapel Mauersteine im Garten und ich fühle mich kurze Zeit danach wirklich krank. Mir tut jeder Knochen weh. Ich stecke die geplante Grube ab und beginne mit dem Ausschachten. Schnell stoße ich auf Schätze aus Zeiten vor Erfindung der Mülltonne, Medizinfläschchen, Porzellanscherben, alte Kochtöpfe und Pfannen. Betrachtet man das Tagwerk der Schachtarbeiten, könnte man sofort den Mut verlieren. Am Wochenende kommen meine Eltern und wir schachten gemeinsam von früh bis spät. Im Herbst stehen wir vor unserem vollendeten Werk, grillen Kebab-Tschitschi und weihen die Fäkaliengrube ein.

26. Geschichte
Guten Morgen Deutschland

Es wird nicht einfacher mit den Semestern, die Reihen meiner Kommilitonen haben sich schon gelichtet. Irgendwann habe ich den Dreh jedoch raus, so langsam bewältige ich den Stoff und bekomme mal wieder Zweien, hier und da auch mal eine Eins. Nur zur Chemie bleibt mein Verständnis stark eingeschränkt. Genau in diesem Fach bahnt sich eine sehr wichtige Abschlussarbeit an. Wie ich es auch angehe, ich gelange zu keiner Erkenntnis. Der Verzweiflung nah, greife ich zu Mikrofon und Kassettenrekorder. Alle relevanten Formeln flüstere ich auf eine Magnetbandkassette. Am Tag der Wahrheit spüre ich den Kassetten-Walkman in meinem Rücken. Einen modifizierten russischen Radio-Ohrhörer habe ich durch den linken Ärmel verkabelt. So sitze ich nun da, lese die Fragen und registriere, dass ich einen gewissen Teil des geforderten Wissens vertont am Körper trage. Den Kopf in die linke Hand gestützt, drücke ich mir den Ohrenhörer vorsichtig in meinen Gehörgang. Mit der rechten Hand betätige ich unauffällig die Pausentaste des Walkmans und höre ich mich selbst »2PBSO4 plus 2H2O Doppelpfeil PB plus PBO2 plus 2H2SO4« sagen. Ich schreibe so schnell ich kann alles mit und erlange eine genügende Leistungsbewertung.

Es ist üblich, dass der mittlere Studentenjahrgang den Fasching gestaltet. In den Wochen vor dem Karneval entsteht aus Hartfaserplatten und Plakatfarbe ein komplettes Bühnenbild. Wir proben in der Aula unser Programm. Die erforderliche Bierversorgung gestaltet sich recht kompliziert. Die angefragten Gaststätten in der Nähe heben bei unserer Mengenvorstellung die Arme und schicken uns weiter. In der Nähe meines Vorortdomizils befindet sich ein Eiscafé. Die haben eigentlich nur in der Saison so richtig offen. Aber ich habe mir dort schon ein paar Mal den Autoanhänger ausgeborgt und bilde mir ein, somit den Chef zu kennen. Er soll Millionär sein, erzählt man sich. Auf jeden Fall kann er das Problem lösen und liefert uns am Vorabend auf Kommission ein halbes Dutzend Fässer dunkles Bier mit dazugehöriger Zapfeinrichtung.

Am Karnevalstag ist die Aula abends randvoll. Wir spielen Sketche von Herricht & Preil bis Dieter Hallervorden nach. Ich stehe in einem Fass und halte die Büttenrede. Aus einer Nordhäuser Doppelkornflasche, die natürlich mit Wasser gefüllt ist, nehme ich kräftige Züge und predige gegen den Alkohol. In der ausgefeilten Rede wird auch Kritik an unserem studentischen Alltag versteckt und die Eigenwilligkeit mancher Lehrer aufs Korn genommen. Bis in den frühen Morgen geht es heiß her, in unserer Seminargruppe gibt es am nächsten Tag zwei neue Liebespaare. Das Bier haben wir restlos verkauft. Als der Eiscafé-Besitzer die leeren Fässer abholt, zählen wir ihm ein dickes Bündel Geldscheine vor und wollen auch zwanzig Mark Trinkgeld rauflegen. »Nicht doch, ihr könnt es doch auch gebrauchen«. Er gibt uns aus dem Geldscheinbündel 100 Mark zurück - für die Klassenkasse. Dann brummt er mit seinem Volvo und dem großen Anhänger voller leerer Fässer davon.

Vor den Semesterferien kommen auch wieder Listen für Einsatzmöglichkeiten im Studentensommer in den Umlauf. Stahlwerk oder Fließband werden nicht in Betracht gezogen, aber Polen hört sich interessant an. Unser Einsatzort befindet sich im Süden Polens in der Nähe von Krakau. Der Ort heißt Jedrzejów. Unsere Aufgabe sind Erdarbeiten rund um die Baustelle eines Schulneubaus. Nach dem Frühstück werden wir mit einem Kleinbus abgeholt. Mit Spitzhacken und Spaten arbeiten wir uns mühevoll in den harten polnischen Boden und heben den Graben für das spätere Zaunfundament aus. Ab und zu kommen polnische Bauarbeiter zu uns und fragen »Woher?« – »Deutschland«, antworten wir. Dann zeigen sie manchmal auf sich und nennen ihrerseits Städte: München, Bremen, Stuttgart, wahrscheinlich haben sie dort mal gearbeitet. Besonders auffällig ist ein alter Mann, er fährt den ganzen Tag mit einem Pferdewagen über die Baustelle. Wann immer er uns sieht, grüßt er mit »Guten Morgen Deutschland«, manchmal tippt er mit dem Zeigefinger an seinen Hals und ruft laut lachend »Wodka«.

Bei unserem Tagewerk teile ich mir Spaten und Spitzhacke mit einem Studenten, den ich nur vom Sehen kenne. Er ist eine Seminargruppe unter mir. Als wir an einem Abschnitt ständig auf Steine stoßen und die Sonne uns gnadenlos drückt, sagen wir plötzlich wie aus einem Munde »Scheiße«. Wir lassen unsere Werkzeuge fallen und suchen einen schattigen Platz. Im hinteren Teil der Baustelle finden wir einen alten Bus. Wir setzen uns rein und spinnen ein bisschen rum. Auf der Rückfahrt von der Baustelle lassen wir uns fünf Kilometer vor dem Ziel absetzen, um in den dichten Wäldern Pfifferlinge zu suchen. Dann stehen sie wahrlich vor uns, sandgelbe Flächen bestehend aus mittleren und großen Pfifferlingen. Schnell sind unsere Tüten gefüllt, wir gehen zur Landstraße, um zurück zu trampen. Schon der zweite Wagen hält an, Jedrzejów buchstabieren wir unseren Zielort. Der Fahrer hebt die Schultern, aber wir sollen einsteigen. Ich wiederhole noch einmal ganz langsam »Je-dre-tsche-off«. Auf Ratlosigkeit folgt ein herzliches Lachen »Jen-sche-uf«, jetzt weiß auch er, wo die Reise hingehen soll. Nach fünf Minuten steigen wir vor unserem Quartier aus »Dziękuję, Do widzenia! «

Unter skeptischen Blicken unserer Studentenkollegen braten wir uns die Pilze. Am Wochenende packt uns die Abenteuerlust, wir beschließen ein Wette-Trampen in zwei Dreiergruppen nach Warschau. Ziel ist der Leninfinger, das Kulturzentrum im Zentrum der Hauptstadt. Meine Gruppe hat Glück, schon nach wenigen Minuten hält ein VW Käfer, ein freundlicher junger Mann bringt uns dicht ans Ziel. Dann nimmt uns ein Lieferwagen mit, wir erreichen fast gleichzeitig mit den Anderen das Ziel.

Wenig Zeit später stehen wir gemeinsam auf der Aussichtsplattform des Leninfingers, 114 Meter über Warschau.

27. Geschichte
Bau auf – Aufbau Ost

Im Garten des Vorortdomizils nimmt der Bestand an Baustoffen stetig zu. Die Wellasbestplatten vom einstigen Unterstand des Trabants dienen nun nur noch als Abdeckung für die Ziegelsteine, Dachbalken und Dielenbretter. Die Bretter stammen aus Abrisshäusern und sind der Geheimtipp eines Nachbarn für die Weiterverwendung als Dachschalung. So wird in der Woche für die nahenden Prüfungen gepaukt und am Wochenende gebaut. Fundamente werden verstärkt, und es wird für den Garagenanbau gegraben. Von früh bis spät verrichtet ein kleiner Betonmischer mit jaulendem Geräusch unermüdlich sein Werk. Deprimierend, wie wenig Füllung eine Mischung im Fundamentgraben hinterlässt. Manchmal, wenn ein paar Studienkumpels helfen, geht es sichtlich schneller. Irgendwann ist der riesige Berg Kies vom Bürgersteig verschwunden, ein Maurerlehrling aus der Nachbarschaft beginnt die neuen Grundmauern zu setzen. Das kostet fünf Mark die Stunde und wird als Eigenleistung über den Kredit verrechnet. Der Bauberater zeichnet gegen.

Er ist es auch, der empfiehlt, das Treppenhaus für die geplante Dachaufstockung vorzuziehen. Dann braucht man nicht immer eine Leiter, um aufs Dach zu kommen. Für das Treppenhaus muss der kleine Speisekammeranbau fallen. Das erste Mal greife ich so massiv in den bestehenden Gebäudegrundriss ein. Dach und Mauerwerk des kleinen Anbaus lösen sich leichter als gedacht. Bald ragen noch die Dachbalken des ehemaligen Anbaus aus der Wand. Auch meine Oma kommt in Kürze auf dem Bahnhof von ihrer Hiddensee-Reise an, ich werde sie abholen. Auf dem Küchentisch erwarten sie ein Blumenstrauß, ein selbst gebackener Napfkuchen und ein Zettel meiner Mutter: »Herzlich willkommen, Mutti«. Ich bewege einen Balken hin und her, dann gibt was nach. Es ist ein Teil der Wand, die nach innen in die Küche einbricht.

Ich stehe auf dem Bahnsteig, der Zug fährt ein und meine braungebrannte Oma steigt aus. Sie steckt voller Erlebnisse und beginnt auch gleich mit dem Berichten. In einer Luftholpause setze ich ein und berichte vom kleinen Malheur. »Ach Kleener, wir sind vierundvierzig ausgebombt worden, das kriegen wir doch wieder hin«. Gemeinsam räumen wir den Schutt aus der Küche, sie entstaubt Blumenstrauß und Napfkuchen. Dann setzen wir uns in den Garten, sie erzählt mir ihre Urlaubsgeschichten von langen Inselwanderungen und netten Leuten, die sie am FKK-Strand kennen gelernt hat. Mensch, sie wird achtzig, denke ich, und sie sprüht vor Energie und Lebensfreude. Am Wochenende kommt der Maurerlehrling und mauert die eingestürzte Küchenwand wieder auf.

An einem Herbsttag sitzen wir mal wieder in der Unterkunftsbaracke meiner Leidensgenossen. Vereint lösen wir mathematische Gleichungen mit mehreren Unbekannten. Irgendwann verfalle ich ins Träumen und blicke ins von Gebüsch umgebene Nichts. Nur für den Bruchteil eines Momentes sehe ich sie im schwarzen Kleid mit blondem Igelschnitt am halbblinden Fenster vorbeiziehen. Hinter ihr ein Mitstudent aus dem Norden – ein Fischkopp, meist etwas muffelig. Ja, sie gehen immer zusammen zur Jungen Gemeinde und sind seit einiger Zeit auch zusammen. Er sagt, dass sie ihm etwas zu flippig sei, ewig diskutiert und eigentlich zu anstrengend ist.

Bei einer Herbstfete bringt er sie mit. Meine Faszination lässt nicht nach, im Gegenteil. Und der Muffel sitzt nicht mal bei ihr, computerfachsimpelt lieber mit einem Kommilitonen rum. Meine Skrupel und Vorsätze, »du sollst nicht deines Banknachbarn Weib begehren«, sind dahin. Es wird Zeit, die Frage, die alles entscheidende Frage zu stellen. Dutzende Male vorformuliert und wieder nicht ausgesprochen. Sie lädt mich zu ihrem 18. Geburtstag ein, mich und viele andere. Ich habe Angst, in der Menge unterzugehen. Irgendwann zwischen quarzenden Gästen und Cola-Korn frage ich, ich weiß nicht, ob sie meine Frage verstanden hat. Aber wir treffen uns. Flippig ist sie wahrlich. Auf dem Weihnachtsmarkt dreht sie sich mit mir im Kettenkarussell ein. Ket-Wurst, Grilletta und das ganze überhaupt, mir wird schlecht. Etwas bleich im Gesicht lasse ich mich ein- und ausdrehen. Erst als ich wieder festen Boden unter den Füßen habe, geht es mir langsam besser. Ich sollte noch mal fragen. Aber es geht ohne weitere Fragen, wir treffen uns öfter, es ist Weihnachten, und Silvester sind wir offensichtlich zusammen.

Ich bestehe meine Prüfungen mittelmäßig, das empfinde ich als ausgezeichnet. In einem Walzwerk, nahe dem Vorortdomizil, bekomme ich einen Schreibtischplatz für das Praktikum. Hier soll ich meine Abschlussarbeit schreiben. Ich hab nichts Richtiges zu tun. Mir gegenüber sitzt ein älterer Kollege. Auch er hat nichts Richtiges zu tun. Nebenbei ist er schreibender Arbeiter. Langsam bauen wir ein gegenseitiges Vertrauen auf, er liest mir manchmal was vor. Seine Geschichten gefallen mir. Manche sind recht kritisch, die trägt er vorsichtiger, mit gedämpfter Stimme vor. Vier Wochen vor Abgabetermin der Arbeit werde ich unruhig. Mein zugeteilter Betreuer hat nie Zeit für mich. Auf meine Frage, wann er denn mal welche hätte, übergibt er mir einen Stapel Seiten mit Stichpunkten, ich solle daraus Sätze formulieren und eine technische Zeichnung hinzufügen. Einen Monat später bin ich Ingenieur.

In meinen letzten Semesterferien und erstem Urlaub mit offensichtlich fester Freundin reisen wir an die polnische Ostseeküste. Wir reisen zu viert im Trabant mit Anhänger. An der Oder-Neiße-Friedensgrenze werden wir gründlich kontrolliert. Der kundige Zöllner wird fündig, mein Kumpel hat vorsorglich etwas mehr Geld in der Hosentasche. Nun ist der Zöllner in seinem Element, sein Gesichtsausdruck gleicht einem verfetteten Hofhund. Kurzatmig offenbart er uns eine nunmehr intensivere Kontrolle: »Auspacken, ALLES!!!« Wir packen alles aus und wieder ein. Das überzählige Geld wird gegen Quittung eingezogen. Dann beginnt der Urlaub.

Wir bauen unsere Zelte auf. Unendlich lange, weiße Ostseestrände und Wellen erwarten uns. Es gibt leckeres Eis »Lody, Lody« und einmal pro Woche Bier. An einem Kiosk stehen Leute Schlange, die meisten trinken ihre Beute auch gleich gemeinsam aus. Uns spricht ein Pole an, wir verstehen ihn nicht. Ein paar Tüten in der Hand haltend, bedeutet er uns, mitzukommen. Er schlüpft am Hafen durch ein Zaunloch und steht kurze Zeit später mit vier prall gefüllten Plastetüten voller Fisch vor uns. Ehe wir begreifen, was er will, ist er verschwunden und wir halten zwanzig Kilo fangfrischen Fisch in den Händen. Etwas überfordert übergeben wir die Massen Fisch dem Betreuer eines Kinderferienlagers auf unserem Zeltplatz. Eine Stunde später bekommen wir fünf Kilo Häckerle zurück. Abends sitzen wir mit ihnen gemeinsam am Lagerfeuer, ein Mädchen spielt Gitarre, die meisten singen dazu. In der Ferne hört man die Brandung der Ostsee.

Auf der Rückreise kaufe ich auf einem Basar heißbegehrte Radzierkappen, Chromoptik. Dank durchdachtem Federmechanismus kann man sie auch gleich anbringen. Das mache ich auch. 150 Kilometer Betonplattenpiste werden jedoch nur von einer Radzierkappe hinten links überstanden.

Man braucht uns in der Produktion. Für zwei Jahre im Dreischichtsystem gibt es eine ordentliche Abfindung. Da ich zu Hause bauen muss, kann ich tagsüber schlecht schlafen, nachts fallen mir im Stehen die Augen zu. Unsere Anlage, Made in Schweden, schneidet tonnenweise Bandstahl in verschiedenste Längen. Im Frühjahr werde ich an einen anderen Brennpunkt der Produktion abgezogen. Eine Dismulgieranlage trennt die weiße Bohrmilch wieder in Öl und Wasser. Diese hier funktioniert jedoch nicht. Hat auch noch nie funktioniert. So verbringe ich meine Schichten meist alleine mit der still stehenden Anlage. Bald betrete ich das Werk mit der kommenden Nachtschicht und verlasse es nach zwanzig Minuten mit der gehenden Spätschicht. Morgens komme ich etwas früher ins Werk zur Schichtübergabe. Schlafen kann ich zu Hause einfach besser.

Im Sommer des Jahres 1989 bekommt meine Oma Post. Die Auslieferung ihres angemeldeten Trabants wird für den Herbst angekündigt. Wahnsinn, bald werde ich einen nagelneuen Trabant fahren. Das inzwischen neun Jahre alte papyrusweiße Modell kann ich bereits im Sommer fast zum Neupreis loswerden. Mitte Oktober holen wir ihn ab, 13.158 Mark, azurblau. Er riecht ganz neu.

Der Treppenhausanbau ragt im Herbst gewaltig über dem Vorortdomizil. Die Nachbarn blicken skeptisch auf das eigenwillige Bauwerk. Wir nageln die vorletzte Bahn Dachpappe auf die umgenutzte Dielenbrettschalung. Am Zaun steht jemand und ruft irgendwas, wir nageln und verstehen nichts. Es ist der Nachbar, er brüllt: »Kommt runter, die Mauer ist offen.« – »Was, welche Mauer? Die von meiner Garage? Ach du Scheiße!«

28. Geschichte
Einfach rüber und zurück

Wir können nicht rüber, ich muss mit dem neuen Trabant zur Durchsicht und habe den vorgegebenen Kilometerstand schon fast erreicht. Fünf Minuten später stecke ich mit dem Kopf im Motorraum und schraube die Tachopose ab. Jetzt können wir rüber.

Dann sind wir drüben, drüben im Land meiner Großtanten und Großcousins. Fremde, ausgelassene Leute werfen Mon Chéri durch das runtergekurbelte Trabantfenster. An der dritten Abfahrt verlassen wir lieber die unbekannte Stadtautobahn und parken irgendwo. Busse und U-Bahnen sind frei für uns. Ich habe die Adressen meiner Verwandten auf einem Zettel dabei. Mit fremden Doppelstockbussen fahren wir durch die fremde Stadt. Abends sind wir wieder zu Hause. Wir waren im Westen. Viel Licht überall und wir haben die bescheiden eingerichtete Wohnung meiner Großtante kennengelernt.

Eine Woche später zeigt man den Personalausweis der DDR schon selbstbewusster vor. Klack, erhält man den Einreisestempel. Mit Anhänger am Trabant geht es weit hinein in die Weststadt. Der Großcousin hat eine Gaststätte mitten im Kiez und einen Flipper übrig. Der hat keine Lizenz mehr, er kann noch mehrere davon besorgen, damit könnte man im Osten doch noch Geld machen. Aus dem Tresen zieht er eine Flasche - »Sambuca, musste anzünden und 'ne Kaffeebohne reinschmeißen, warte, kriegst noch die richtigen Gläser dazu«. Ich fahre mit meiner Beute nach Hause und überlege, wo man überall Flipper aufstellen könnte. Der Großcousin erkennt auch schnell in mir und meinem Wochenendmaurer die Lösung für sein unverputztes ehemaliges Bahnwärterhaus in Wessiland. Wenige Wochen später stehen wir tatsächlich in der fernen Lüneburger Heide. Ein

Mischer läuft, ich schippe, mein Maurer putzt. Wir sind einge-spielt, abends sitzen wir zusammen im Bahnwärterwohnzimmer. Dicht vor dem Fenster rauschen in kurzen Abständen Schnellzüge vorbei. Dann klirren die Gläser auf dem Tisch und die Gardinen wehen ins Zimmer. Morgens geht's weiter. Nach einer Woche bekommen wir jeder fünfhundert D-Mark und haben ein ganzes West-Bahnwärterhaus verputzt.

Auf einmal kann man einfach irgendetwas machen. Ich ver-lasse den Dreischichtbetrieb in der metallverarbeitenden Indus-trie und fange in der nahegelegenen Jugendherberge »X. Welt-festspiele« an.

Noch kommen Jungvermählte aus den südlichen Regionen der DDR hierher. Für die Flitterwochen kann man einen Hoch-zeitsbungalow mieten und so einiges erleben. Wir, die Pro-grammgestalter, sorgen für die nötige Abwechslung. Jung-vermählten bieten sich Möglichkeiten wie Tischtennisturnier und Luftgewehrschießen. Abends endet so ein ereignisreicher Tag mit Disko im Speisesaal. An der Bar kann man den Tag bei Cola-Wodka, Cola-Whiskey, Moulin Rouge oder Grüner Wiese ausklingen lassen. Es kommen auch West-Jugendliche, die Schweden können die Zeit für das fachgerechte Zapfen eines Bieres nicht abwarten und geben sich mit halbvollen Bechern zufrieden. Sie werfen achtlos zusammengeknülltes DDR-Geld auf den Tresen.
Der Obst- und Gemüseladen im Vorort hat nun neben Äpfeln und Birnen auch Bananen und Apfelsinen im Angebot, aber auch gänzlich fremde Obstsorten – Kiwis.

Die Bar im Speisesaal hat mein Interesse geweckt. Ich entwi-ckele unter Verwendung des exotischen Obstes ganz neue Mix-turen. Meine Erfindung »Cola-Passion« interessiert einen west-deutschen Jugendlichen sichtlich, er hat das noch nie gehört und fragt mich, wie man das denn richtig ausspricht.

Auch der lizenzlose Flipper aus der Kiezkneipe meines Großcousins hat wieder eine Aufgabe und wird umlagert, meist von Jugendlichen aus dem Vorort. Die gewohnten abendlichen Bar-Umsätze vervielfachen sich nach kurzer Zeit. Ich sehe meine Zukunft in der Gastronomie. Meine Eltern sorgen sich um meine Zukunft. Der Jugendherbergsleiter sieht die allgemeine Ordnung und Sicherheit gefährdet. Bei einem Personalgespräch beenden wir das Arbeitsverhältnis im gegenseitigen Einvernehmen.

Der Sommer beginnt mit der Währungsunion. Schon kurze Zeit später hält ein riesiger Mercedeslastzug vor der Vorortdomizil- Baustelle. Eingeschweißte Pakete mit Gasbetonsteinen werden auf meinem und den angrenzenden Bürgersteigen abgeladen. Der LKW hat eine eigene Abladetechnik. So halte ich die Arbeitshandschuhe nur pro forma in der Hand und schaue gemeinsam mit einigen Nachbarn dem Abladevorgang zu. In wenigen Wochen errichte ich zusammen mit einem Freund in Klebetechnik das neue Dachgeschoss. Baustoffe aus Ost und West vereinigen sich im schnell wachsenden Stockwerk. Bald kann man die neuen Räume erahnen. Meine Oma fragt oft, ob sie helfen kann, macht abends die Maurerkellen sauber und brutzelt in der Küche ein kräftiges Abendbrot für uns ausgelaugte Bauarbeiter. Danach stehen wir noch mit Bierbüchse in der Hand am Flipper.

29. Geschichte
An einem Sonntag in Avignon

An einem Sonntag im August kommen wir mit dem Zug in Avignon an. Ein sportlicher, grauhaariger Franzose empfängt uns. Trotz der hohen Temperaturen ist es nicht unangenehm, denn es weht ein kräftiger Wind, der Mistral heißt und von Afrika nach Europa weht. Ein tausendstimmiges Gezirp dringt aus den Bäumen, es sind die Zikaden. Am Bahnhof trinken wir ein kaltes Wasser mit Mentholsirup, dann steigen wir in den Renault 19 des Lehrerkollegen meiner Mutter. Wir werden in einem südfranzösischen Haus empfangen. Die Franzosen reisen kurze Zeit später in ihr Chalet an einem Bergsee. Unkompliziert zeigen sie uns das Notwendigste im Haus, dann erklärt mir der französische Gastgeber noch kurz den Zweitwagen, es ist ein roter Citroën – eine Ente. Ab dem nächsten Tag sind wir allein. Abends planen wir die Touren nach Arles, Nîmes, Marseilles und zum beeindruckenden Pont du Gare-Aquädukt.

Es ist heiß, oft rollen wir das Stoffdach der roten Ente auf. Überall sind Supermärkte, Riesen-Supermärkte, sie heißen Super U, Intermarché oder Hypermarché. Wir gehen sparsam mit dem fremden Geld um, vergleichen die Preise der unendlich vielen Produkte. Drei Tage vor unserer Abreise sind unsere Gastgeber zurück. Uns zu Ehren wird ein Barbecue veranstaltet. Es kommen Freunde und Nachbarn. Um 21 Uhr beginnt ein vielgängiges Abendessen bis in die Nacht. Zwischen den Gängen wird sich zugeprostet. Zu Schnaps sagen die Franzosen auch gerne »Schnaps«.Auch das Wort »Jawohl« wird des Öfteren zum Besten gegeben. Ein junger Franzose, er spricht recht gut Deutsch, möchte wissen, wie es in unserem Land weitergehen wird. Er ist begeistert von der Perestroika in der Sowjetunion. Was für ein Glück für die Menschheit, dass Gorbatschow nun der erste Mann im Kreml ist. Perestroika und Reformen sind wichtig, die DDR sei ein gutes Land. Er hat schon viele Länder bereist und weiß, wovon er spricht. Wir haben noch nicht sehr viele Länder bereist und lernen gerade Frankreich kennen. Wir kommen zu keinem überzeugenden Schluss, was denn nun aus der DDR werden soll.

30. Geschichte
Letzter Akt

Am 3. Oktober 1990 wird um null Uhr durch Bundespräsident Richard von Weizsäcker das wiedervereinigte Deutschland proklamiert. Schneller als gedacht liefert die ehemalige DDR fünf fast vollwertige Bundesländer und eine halbe Hauptstadt. Selbst die Nummernschilder für die Autos der Neuen sind schon vorbereitet.

Das aufgestockte Vorortdomizil erhält eine flächendeckende Styropor-Wärmedämmung. Alle Öfen werden rausgerissen, nunmehr erfüllt die Befeuerung des Heizungskessels diese Aufgaben zentral.

Meine Freundin geht für ein halbes Jahr ins westliche Ausland und durchkreuzt vorerst meine noch zielgerichteten Familienpläne. Ich beginne eine Weiterbildung zur Erstellung technischer Pläne am Computer und finde noch während dieser Maßnahme eine passende Arbeitsstelle. Im Winter fahren wir in die Berge. Lange stehen wir vor dem österreichischen Billettverkauf für die Skilifte und vergleichen die verschiedenen Kombinationen von Punkte-, Tages- oder Wochentickets. In urigen Holzhütten gibt es Jausen-Bretter mit Tiroler-Bauernspeck und natürlich auch vormittags schon mal einen Obstler. Drei 36-Bild-Farbfilme werden vollgeknipst. Wir kaufen originelle Geschenke für die Familien zu Hause.

Der erste Krieg, von dem wir wiedervereinigt erfahren, ist der Golfkrieg. Täglich berichten die Medien darüber. In Kuwait brennen die Ölquellen. Die Löscharbeiten scheinen aussichtslos, es könnte zu einer Verdunklung der Atmosphäre kommen. Temperaturen würden sinken, das Ausmaß dieser Katastrophe ist noch nicht abzusehen, so erläutern die Experten die Situation. Soll es das schon gewesen sein, kommt es jetzt noch grauer als jemals zuvor? Manchmal kaufe ich mir die »Zweite Hand« und stöbere in den Verkaufsanzeigen für Autos rum, nur so zum Spaß. »Rote Ente, sehr guter Zustand, Preis VB« entdecke ich in den Angeboten. Die Verkäuferin, eine Studentin, hörbar aus dem Schwäbischen, hat faire Preisvorstellungen. Wir werden uns sehr schnell einig.

Mit umgebauten Flugzeugtriebwerken werden die Ölfelder in Kuwait kurze Zeit später gelöscht. Die Atmosphäre verändert sich vorerst nicht.

Für ein paar Tage stehen nun der azurblaue ostdeutsche Trabant und die rote südfranzösische Ente nebeneinander im Vorortgarten. Eine Familie aus Mecklenburg kauft den azurblauen Kameraden für 999 D-Mark. Ich stehe auf dem Bürgersteig und schaue dem davonfahrenden Trabant hinterher. Ich winke, bis ich ihn nicht mehr sehen und hören kann. Eine blaue Rauchwolke bleibt zurück. Ich atme den vertrauten Geruch noch einmal ein und bin etwas traurig. Am Herbsthimmel dröhnt ein Düsenflugzeug, dann ist es still.